作者
顧西爵
Gu Xi-Jue

怎麼會沒有對她一見鍾情呢？
明明是那麼喜歡。

你
如初

I miss you all the same

目錄

第一章

她的舊時相識

許青橙有點為難，不知道畢業後該不該去二叔那兒實習——

她二叔是一名資深的話劇導演，最近卻突發興致轉而去導起了崑曲。八月上旬的時候，他發了一條朋友圈：蕩滌了六百年的時光，還有這樣的藝術能讓我們細細品味。感謝巾生蘇珀、閨門旦童安之，以及所有熱愛崑曲這門古老藝術的年輕人。等《西樓記》演出結束，咱們再來一齣？

當時，「蘇珀」那兩個字一入眼，她就覺得有那麼點似曾相識。

這個名字不算常見，但她隱約記起自己年少時春心萌動差點拉上小手的那人，也叫蘇珀。

而那個曾經的少年，可不就是學的崑曲嘛。

但她又想，會不會只是重名？畢竟世界之大，什麼巧合沒有呢？

沒過兩天，她二叔發出了《西樓記》的九宮格劇照和海報。

說實話，演員們上了妝之後，爹媽都不一定認得。青橙對著那些劇照和海報，只覺得好看，卻也認不得人。直到她點開最後一張，看到身穿現代裝的男女主角時，她怔住了。

女主角穿著一身白色的洋裝斜倚在美人靠上，一副「海棠春睡未足耶」的慵懶嬌美。而她身邊站著的男主角，白衣黑褲，面容清俊，幾縷碎髮垂在額前，墨描一般的劍眉，襯得眼睛更加清亮有神。

青橙對著男主角的臉看了足足五秒之後，深深吸了一口氣：這位可不就是她的舊時相識嗎……

少年時的朦朧記憶慢慢清晰起來，就像被沙塵掩埋的古老許願瓶，因為一陣調皮的風，又冒出了頭，瓶子裡藏著的，是歲月不曾鏽蝕的青春，它帶著某種無知無畏的異想天開。

那時候的自己少女心氾濫，就算從他們欲語還休、並肩而行到分開，加起來不過才二十來天，戲校邊的那棵櫻花樹，花開了都還不曾謝盡。可就是在那二十來天裡，她已經把他們白頭偕老的一生想完了。然而結果不盡如人意，她的少女心在二十來天後就嘩啦碎了一地。

現在回想起當年的那一段短暫時光，那可真的是：夜半來，天明去。來如春夢不多時，去似朝雲無覓處。

本來，她學的是話劇導演，想找二叔實習，結果這麼一來，她不免心生退意了，不說這段「跟鬧著玩兒似的」過去，她對崑曲也確實不瞭解。

所以她猶豫再三之後通過老師試著聯繫了別的前輩，結果剛聯絡上，她二叔的電話就打來了。

許導一上來就問：「老譚說妳畢業實習想去他那兒？以前不就說好了要來找妳二叔我的嘛，妳找別人幹什麼？」

她忙解釋：「您不是在做崑曲嗎？我對崑曲半點兒不懂，怕給您添亂。」

「對於崑曲，我之前也只是聽過，真導的時候也是有請不少藝術指導一起幫忙的。妳多聽聽，多學學，跟一段不就懂了？藝多不壓身，妳還能從中互相借鑑。」二叔諄諄教導。

她後來也覺得不該因私廢公，因小失大，非要去計較一段八、九年前的老皇曆——而且老實說，要不是因為對方的名字和照片明晃晃地擺到了她眼前，她差不多都快忘了這段過去，畢竟過去太久了。

再說了，人家估計早就不記得她了，畢竟女大十八變，她當年還有點嬰兒肥，臉上那酒渦幾乎都看不見，她自己看自己以前的照片都覺得陌生。

一旦想通了，她便不再猶豫。「那好。」

「行，那妳明天先過來看看吧，感受感受？明天晚上是這次《西樓記》的最後一場。不過票已經沒了，妳得站側幕邊看了。」

青橙其實知道這戲的演出成績很好，尤其是新吸引了一大批年輕大學生的關注。從八月中旬這部青春版的崑曲《西樓記》開始宣傳，到現在九月上旬，她看到朋友圈不少同學在說這部戲。她一直知道二叔做話劇厲害，名聲在外，沒想到連戲曲也能做起來。

看來許導用心做戲跟合理行銷雙管齊下的策略不管放在哪種戲上，都能產生讓人驚豔的效果，她確實需要跟二叔多多學習。

於是次日，她便坐計程車前往柏州市大劇院。

眼下，她正跟室友施英英通電話，此人已經在外省實習，最近遇到的奇葩事很多，常常跟她打電話一吐為快，今天得知她決定去跟她二叔實習後，又是一番羨慕嫉妒恨：

「我們真應該換換的，真的！妳一向能應付奇葩事，而姊姊我可是實打實的戲迷，這可真是，旱的旱死，澇的澇死。」

「妳之前不是說，妳只看老藝術家的戲，新搞的那些妖豔賤貨妳一概屏蔽嗎？」

「之前是這樣的，結果我昨天無意間刷到一條微博，《西樓記・玩箋》的CUT。憑良心說，年輕的戲曲演員能有這樣的嗓子和身段，可以說是非常令人驚喜了。我對有實力的一向寬容。」

「謝謝妳對我一直很寬容。」

施英英笑罵：「妳不驕傲會死嗎？」

「沒辦法，馬上要進入社會底層幹活了，能驕傲的機會不多了。」

施英英一聽，就忍不住又哭訴起自己最近的悲慘來，快到大劇院門口時，兩人才結束通話。

剛從車上下來，青橙一抬眼，就看到了一張巨大的海報，它就橫在劇院正門的大廣場上，上頭穿著戲裝的男女主角深情對視，邊上花團錦簇，這張海報她之前在她二叔的朋友圈看到過，當時就覺得色彩很漂亮，眼下巨幅呈現，更讓人覺得接下來的戲會是一場視覺盛宴。

青橙在原地看了片刻，身邊偶爾有人經過，也會朝海報看一眼。

她不知怎麼就又想起了當年，海報中儒雅俊逸、青巾束髮的男主角，曾經的髮型短到如同是剛剃了沒多久的光頭，只有頭皮一層淡淡的青黑。

她記得那會兒天還不熱，她就問他：「你這樣腦袋冷不冷？」

但她忘了他回了什麼，實在太久遠了。

這麼胡亂回想了一會兒，電話就響了。

是她二叔之前給她的號碼，他的新助理小趙的。她快到的時候發過一條簡訊給小趙。

「喂，許小姐，我是小趙，妳到了？」

「對，剛到。」

「哦，我這兒有點事要稍微忙下，麻煩妳再等我十分鐘左右可以嗎？」電話裡喘氣聲明顯，像是在跑。

「沒關係，你先忙你的，我不急。」離演出還早，是她來早了。

「好的好的，回頭我們在後門口碰頭。」

「好。」

掛了電話，許青橙在廣場上瞎溜達了一會兒，才沿著小路往劇院後門走去。遠遠地，那些從後門口延伸出來的花籃勾起了她的好奇心。她記得那些民國電影裡，捧角兒的花籃也都是往後臺送的。

距離後門還有二十多公尺時，她看到有一道身影從不甚明亮的後臺裡邊走出來。

許青橙原以為是小趙，於是加快了步子往前去，剛想揮手示意——就見對方戴著黑色的鴨舌帽和口罩，穿著一身黑色的運動服，長手長腳、細竹竿似的，倒是真不錯……不過，穿成這樣來接人也太奇怪了吧？

再細看，才發現那個人在打電話，走到門口時，他停了下來，掃了一眼那些花籃。青橙想著，這人應該不是小趙，她便不好過去打擾別人打電話。

於是走到路旁稍等，傍晚的天混雜著一層層深淺不一的藍，間或又染上了緋紅、燙金色，青橙不由得多看了兩眼。

等到她又看向劇院後門口時，只見剛才的黑衣人已經打完電話，正手腳俐落地將最靠近門口的兩個大花籃更換了下位置，然後便轉身往裡走。

青橙看得莫名，不過對方走了，她也就不再猶豫地走了過去。

她見門口沒人看著，不知道能不能自己進去，姑且一試吧。

誰知剛踏上大劇院的臺階，一位身材魁梧的大爺如幽靈般從門內閃出來，臉黑得跟包公似的，直接就把她攔了下來。

「請出示工作證。」

「大爺，我找許導。」

「許導本人沒有工作證，照樣不讓進。這是許導原話。」大爺果然對得起他的臉，夠鐵面無私。

青橙無奈，衝大爺笑了笑，站在門邊乖乖等小趙，順便打量起剛才那人挪動過的花籃——發現其中一個寫著「水磨正音風雅頌——祝賀沈珈功先生演出成功」，另一個寫著「風動一山春色——祝賀蘇珀先生演出成功」。

兩個花籃，都是大手筆，視覺中心的位置堆滿了各色繡球，邊上是玫瑰，底下襯著火鶴，還有一些她眼熟但叫不出名字的點綴花和襯葉。

青橙觀察一向細緻，就花籃本身來說，沈珈玏的要稍微高出蘇珀的一些，但因為之前蘇珀的被放在臺階上，所以顯然高過了沈珈玏的，但被那黑衣人換過之後，沈珈玏的明顯就高出了一頭。

似乎有些門道呢，青橙心裡估計著。

雖然她不太懂這些捧角兒的彎彎繞繞，但如果有人這麼在意這些花籃的高低，那麼她猜想，這裡頭一定有較勁的成分在。

反正等人無聊，她又拿起手機，查了沈珈玏這個人——

沈珈玏和蘇珀是同校校友，都是應工巾生和冠生（註1）的。沈珈玏長相偏端正嚴肅，他大蘇珀兩歲，比蘇珀早入戲校，所以蘇珀稱他為師兄。

不過，角兒紅不紅可不管這先來後到，看著滿場子都是給男、女主角的花籃就知道，沈珈玏的光芒顯然要暗淡一些。網上也只顯示，這次青春版《西樓記》的演出中，沈珈玏雖然飾演了兩個角色，但一個只是在開場時串個副末，出來唱一支《標目・臨江仙》而已，另一個重要些，也就是配角相國家的紈褲公子池同。

所以，是有人看不慣蘇珀，於是調換了花籃的位置？

又或者說，是沈珈玏本人？剛才那個人確實有做演員的資本，即使沒看到臉，那身形也是足夠看的……

註1　應工巾生和冠生：應工，指演員依慣例去串演非本行角色的狀態，比如生行應工時需演花臉。巾生，指戴頭巾、尚未戴冠的男角，通常是才子、書生。冠生，指戴冠的角色，通常演帝王、官員。

沒等她想出個一二三，裡頭火急火燎地衝出來一個人。

「對不起，對不起！」這個人風一般地衝到青橙面前。「妳是許小姐吧？對不起讓妳久等了。」

「小趙？」青橙禮貌地微笑。

小趙呵呵一笑，從口袋裡掏出工作證，遞給青橙。「妳可一定要拿好了，因為前幾次都出現了粉絲混入後臺的情況，所以許導這次嚴整後臺紀律，所有人進出都必須有證件。」

「好，我知道了，謝謝你。」

「那我去忙了，妳隨意。」說完，小趙又風一般地閃沒影了。

回頭再看了一眼花籃，青橙一笑，朝大爺甩了甩工作證，就大搖大擺地進了後臺。

我念你如初
I miss you all the same

第二章

他不記得我，太好了

柏州大劇院的後臺她其實不是第一次來，但還是覺得跟迷宮似的。

它的化妝區有兩層，上層是角兒們的，每人都有單間，門前還插著牌子。下層樓梯口處是群演的化妝區，一個大通間，再遠些就是劇院的工作區域了。

上層化妝區連著舞臺，青橙沒在化妝區看到她二叔，就走去了舞臺。

此刻觀眾還沒進場，舞臺上也只亮著幾盞照明的燈，顯得有些昏暗。

下場位是場面區，那裡各種樂器按照一定的位置排布著，上場位很空，也就兩套桌椅，上頭零星地放著扇子、燈之類的道具，邊上還擱了幾個道具箱，上頭堆滿了五顏六色的絹花，看起來也是道具。

有工作人員來來去去。

等她走到側幕邊上，總算是見到了她二叔。許導正聽人說話，看到青橙便朝她揚了下頭，說：「再過一會兒觀眾就要進場了，這邊沒什麼事，妳不用跟著我，今天妳就自己看看。」

「……好。」

跟許導說事的工作人員回頭看了眼，卻只看到一襲牙色的裙角消失在轉角處。

青橙又轉著回到後臺，周圍每個人都在忙，也就沒人去關注她這個多餘的閒人。

走廊上靠牆擱著幾張桌子，上面鋪著戲裝，服裝師正用熨斗一絲不苟地熨燙著。這些崑曲戲裝綺麗古雅，尤其是上頭的刺繡，從青橙站的地方看過去，那些花花草草彷彿都立體而真實地長在衣服上。

她以前也不是完全沒接觸過崑曲，不說自己兒時的心動對象是學崑曲的這一樁，就連她嫁到外省的小姑姑也是音樂學院的民樂教師，個人特別喜愛崑曲。所以，她小時候是跟著小姑姑聽過幾場崑曲的，不過後來，一是實在聽不懂，二是也不覺得好聽，就再沒去過了。

然而當年，當她知道請她吃東西的少年是學崑曲的之後，卻昧著良心說過一句：我小時候聽過崑曲，崑曲很好聽呢。

眼下猛地想起來這段，簡直了……果然年少輕狂，什麼話都說得出口。

繞了半晌，青橙看到迎面過來一個高大的壯漢，他一手扛著攝影機，一手提了個大箱子。青橙認得他，是二叔所有戲的御用攝影師。

兩人相視笑了下，明顯都對彼此有印象，但都叫不出對方名字。

「呃，你是來拍演出的？」

對方回道：「對，現在先去拍點幕後花絮。」

「拍演員？」

「是，要跟著來看看嗎？」

青橙想了下，問：「先拍誰？」

「都可以，妳想看誰？」攝影大哥很隨意。

青橙無比真心道：「女主角。」

「行，走吧。」

於是青橙跟著攝影師去了角兒們化妝的地方。

兩人走到女主角童安之的門前，攝影師敲了兩下後，裡面傳出一聲「請進」，雖然只有兩個字，卻也讓人聽出了抑揚頓挫的感覺。

等他們進門，就又聽到那聲音打趣道：「昊哥，什麼時候招了個美女助手？」

龔昊解釋：「不是助手，她是許導的親姪女。」

「原來是許導的姪女啊，失禮失禮。」之前童安之正面朝鏡子在讓化妝師給她化妝，此時轉過頭來正式地看向青橙，嘴角一揚，笑出了一個完美的弧度，且不露齒。「妳好，我叫童安之。『既來之則安之』的『安之』。」

青橙忙微笑道：「不敢當，許青橙。青草的青，柳橙的橙。」

兩人一個「失禮」，一個「不敢當」，相視兩秒，都噗哧笑了出來，有種一見如故之感。

童安之說：「青橙，橙橘青時最有香。這名字一看就很有底蘊，許導家果然都是文化人。」

化妝師好笑地搖頭，心說：童安之妳這強行拍馬屁的作風真是一點都不做作呢。

青橙也笑了，說：「我爸是家族裡唯一的例外，不愛舞文弄墨，就愛操奇計贏。」簡言之，就是賺錢。

童安之招呼青橙過去坐她邊上，好聊天。

青橙坐下後，見化妝師繼續給童安之化面部妝容，小心細緻地一筆筆添抹。

化妝師抽空誇了一句青橙：「妳皮膚真好。妳是學什麼的？氣質看著好文氣。」

「謝謝。學話劇導演的。」

童安之問：「話劇導演？那妳過來是對崑曲有興趣？」

「呃……」青橙想不好怎麼回答，在人家演員面前直說沒興趣似乎不大禮貌，但是她又不會說謊。「我其實對崑曲不是很瞭解，今天就是來見見世面的。」

「哈哈，那我爭取讓妳對崑曲留下好印象。」童安之想到什麼，又說：「我還以為妳是衝著蘇珀來的呢，他最近漲了不少粉，羨慕死我了。」

「不是。」她心如止水地說道，因為確實不是。

化妝師笑道：「之前我帶我妹來找蘇老師要簽名，她激動得快哭了。」

童安之說：「蘇珀對粉絲是真挺溫和善良的，但對我們，嘴有時候可毒了。」

化妝師不信：「怎麼會呢，我看蘇老師很紳士啊。」

「那都是假象。」

青橙在邊上眼觀鼻鼻觀心，不動如山地旁聽著。

因為童安之在化妝，也不能老說話，所以後面基本就是偶爾聊兩句。

待妝化好後，化妝師又給她包頭、貼片子。青橙一路看下來，覺得戲曲演員真的不容易。等全部弄好，童安之站起身，蓮步輕移，不管是那面容也好，姿態也罷，都彷彿讓人感覺穿越到了古代。

她走到青橙面前，慧黠一笑，問：「畫眉深淺入時無？」

青橙作為導演系的高材生，入戲也是相當快的：「雲想衣裳花想容，春風拂檻露華濃。美。」

童安之萬福：「厚情盛意，應接不遑，切謝切謝。」
青橙忙扶住童安之的手臂說：「願卿知我心哪。」
惹得其他兩人都笑了，化妝師還道：「妳倆今天真是第一次見面嗎？」
龔昊這邊拍得差不多了，收起傢伙對青橙說：「走，下面去拍蘇珀。」
青橙自然不會想去蘇珀的化妝間，但想到童安之在表演前可能還需要做下準備，便也不再打擾她，跟童安之說道：「那我先出去了，一會兒看你們的精采演出。」
「好咧。」
於是，青橙跟著龔昊出了門。
一出門，青橙就說：「我不去看男主角了。」她晃了下手機說：「有點事。等會兒臺上看吧。」
龔昊也不作他想，說：「那行。」
不過青橙是真有點事——手機沒電了。
她四處看了看，只有熨衣臺那邊的角落有插座。之前放在桌上的戲服已經都拿走，她便走過去，從包包裡摸出充電器，靠在臺邊的牆角開始充電。
她點開微博刷了下，看看貓貓狗狗，看看笑話、美食，最後也不知道怎麼了，去搜了下「蘇珀」，結果跳出來一堆大同小異的名字，不過很快她就發現了要找的人，因為他粉絲不少，還是V。
青橙看著「崑曲小生蘇珀」的頭像——穿著戲服、背光而站的一道背影。她稍作猶豫後，便點了進去。往下翻了幾條，都是劇訊，比如最新的那條就寫著：今晚，等你來。附圖是由《西樓記》的海報和劇照湊滿的九宮格。這條內容就她看來，非常公式化了，但評論區的粉絲卻回覆得很調皮，什麼「我來了，男神娶我」，什麼「今晚，教君恣意憐」……

青橙關閉了評論，繼續刷他的微博。眼下這邊沒什麼人，她索性靠坐在了桌邊刷。他的微博是兩年前開的，總共也就發了百十來條，沒花多久就刷到了底。

他第一條發的是：我是蘇珀，你在哪裡？

青橙百無聊賴地想，我在離你不過三、四十公尺的地方。

她待的地方離上場區比較近，這時候嘈雜聲漸起，大約是觀眾陸續開始入場了。她低頭看了眼電量，正猶豫要不要再充一會兒，不遠處傳來她二叔的聲音：「橙橙，妳怎麼還窩在這兒？可以去側幕了，注意站位，別太靠前，會穿幫。」

青橙應了一聲，拔下電源就往上場區走。路過場面區時，她發現樂師們早已就位，便趕緊快步走到側幕邊，選了一個好位置站定。

趁著還沒開戲，她偷偷往場下看了一眼，臺下觀眾已經坐了七、八成，開戲前的熱鬧感越來越濃。

這時候，有些演員提前過來候場了。因為都是年輕的演員，上場前難免還有些緊張，各自都在憋著勁兒默戲。

青橙站在側幕邊規規矩矩地靜等。

不多時，她回頭見到一個戴著髯口的演員從後臺過來——這人身量高眺，扮相也儒雅，周身滿滿都是書卷氣，只可惜化妝加上那假鬍子，看不出個囫圇。

那人之後朝著側幕走了過來。

看他整裝的樣子，青橙突然靈光一現：網上說《標目・臨江仙》是第一支曲子，那莫非……他就是沈珈玏？

又過了一會兒，鼓點起，笛聲揚，沈珈玏從青橙的身旁踱著步子上了臺。高處一束光照下來，追隨著他，隨著他的步子慢慢地挪到了舞臺中心。

白髮無根愁種就？勸君及早徜徉……

尊前顏似玉，燈下語如簧。試看悲歡離合處，從教打動人腸……

青橙來之前查過《西樓記》的劇情和唱詞，她記得劇碼簡介中，《標目》之後便是《覓緣》，也就是說，之後蘇珀就要出場了。

對此，她心裡唯一的想法是——希望他別認出她來。

候場的演員陸續上來，這是一種很神奇的體驗，演員從你的身邊走過，到了臺上便搖身一變成了一個唯妙唯肖的古人。臺上的人物走動起來，舞臺的地板會跟著微微顫動，這些微的震顫再加上臺上眩目的燈光，教人恍若置身夢裡。

看著演員上了下，下了上，也不知過了多久，青橙突然一抬眼，就在烏漆漆候場區那一堆演員中看到了一個簪巾青袍的翩翩濁世佳公子。

是蘇珀。

青橙沒想到，時隔多年，再次對上那張臉，即使在戲妝之下，面容不清，她還是無端地能肯定就是他。

那一刻，鑼鼓和笛聲彷彿都喑啞了下去，青橙的耳畔只剩下自己的心跳聲。

大概是因為人真真切切地到了眼前，所以腦海中一些將忘未忘盡的片段又被拽了出來——

她記起他對她說的最後一句話是：「是我弄錯了，對不起。」前半句話她沒懂，但後半句，以及他當時的表情，她看得很清楚。

她記起那天回家的路上，她哭得可傷心了，能不傷心嗎？白頭偕老的夢想剛起步就駕崩了。

……

即將上臺的人似乎是察覺到了她打量的目光，抬眼看了過來。

青橙只覺得他的目光在她身上頓了頓，在她的心臟漏跳了半拍之際，他又毫無波瀾地收了回去。

看來，他是真的不記得她了。

這可真是……太好了。

我念你如初
I miss you all the same

第三章

崑曲好聽嗎

《西樓記》的演出終於在觀眾的掌聲裡謝幕。

青橙見演員們還在臺上致謝，便先行往後臺走去。

站了半天有些渴了，她到走廊裡的飲水機邊拿了個紙杯倒水喝。

等她慢慢喝完水，冷不防就被人拍了一下肩，她轉頭一看，沒見到人，倒是聞到了一縷如蘭似桂的幽香。

從另一邊傳來一陣輕笑，她終於明白自己是被捉弄了。

童安之從青橙身後優雅地轉出來，莞爾道：「在想什麼呢？那麼專心致志。」

「在回味剛才的戲。」剛才臺上唱了什麼她不知道，她只知道自己的內心戲千迴百轉之後，回到了原點。

「男主角帥嗎？」童安之戲謔地衝她眨了眨眼。

「……是挺好看的。」青橙實話實說。

「有沒有一見鍾情？」

「沒有。」她當年確實是……現在的話……「我對妳更鍾情。」

走廊上人來人往的嘈雜聲更響了些，她下意識側頭望去，就見穿著戲服、面如冠玉的蘇珀正朝這邊走來，這畫面，用風月無邊來形容都不為過了。

他走近，跟童安之說了句：「聊天呢？」他的聲音低沉，跟臺上清亮的唱腔很不同，但同樣很悅耳，說完，他的目光就落到了旁邊的青橙身上。「妳好。」

走廊裡的燈光很耀眼，而之前光線暗，他萬一是沒看清的話……青橙到底還是有些慌，她內心祈禱著：別認出來，別認出來。

面上鎮定地揚起一抹笑來，露出淺淺的酒渦。「你好。」

蘇珀的嘴角動了動，算是微笑，同時對她點了點頭。

青橙確定了，這應該就只是萍水相逢的禮數，沒有絲毫久別重逢的訝異或驚喜。她放鬆下來，那一段青澀的烏龍時光，終於可以到此為止、封緘歸檔了。

這時，青橙總算又想到了二叔，她想找他問問實習的具體安排，如果今天沒空說的話，她就打算先走了。

「我也沒見到許導，不過明天還有下半場戲，一會兒他八成還得找我們聊聊。妳不如先跟我走吧？我現在去卸妝。」童安之看青橙一臉猶豫的樣子，直接拉上她的胳膊，笑道：「難得碰到一見就鍾情的人，就不想再跟我相處相處嗎？」

青橙心想：再等等也無妨。於是就任童安之拉著：「想，只不過怕總纏著妳，耽誤了妳的正事就不好了。」

「下戲後，最大的正事不是找吃的就是聊天侃大山。」

進門之後，童安之讓青橙在沙發上坐定，又示意她吃桌上的果盤，隨後便去了化妝檯邊，化妝師已經在那兒等著了。

卸妝時，三個人隨意地聊著天，一會兒說美容，一會兒說美食。

時間很快過去，等童安之洗完臉從洗手間出來，就聽到有人敲了兩下門。

「進來。」童安之隨口喊了聲。

門把手轉了小半圈，青橙想著會不會是二叔在找她，便索性站了起來。

誰知道開門的人竟是蘇珀。

蘇珀已經換回自己的衣服——一身黑色運動服，意態悠然地站在門口。臉上也沒了粉末油彩，鉛華洗盡，清清爽爽，跟那張現代裝的劇照一比，更多了兩分直觀的搶眼。

青橙有些彆扭，覺得自己看起來就像是起立要去迎接人家似的。不過還好，蘇珀並沒有看她，只是對著童安之說了句：「許導讓大家過來集合一下。」

「哦，好，我換下衣服就去。」

「妳一起去吧。」蘇珀總算看向青橙。「許導說現在太晚了，讓妳等他，他一會兒送妳回去。」

「……哦。」

蘇珀走後，青橙的腦子裡突然閃過一點靈光——長身玉立，一身黑色，他、他該不會就是先前搬花籃的那個黑衣人吧？

越想越覺得是。

如果換成是他換的花籃，那之前的行為就是……仗義了？

晚些時候，演出人員們陸續到了許導所在的休息間，青橙跟著童安之過來，她熟知二叔不是長篇大論的人，便靠在房間外面的走廊上邊玩手機邊等。

果然沒過多久，就有人開門走了出來——是沈珈玏。她之前在網上看過他的照片，所以一眼就認了出來。

她連忙站正身體，有禮貌地打招呼：「您好。」

對方一愣，隨即也客氣地回了一句：「妳好。」

緊接著其他人也都出來了，許導看到自家姪女就上來拍了拍她的肩膀，對劇團的人說道：「剛才大家都忙，我就忘了介紹，這是我的姪女，叫許青橙。」然後跟青橙報了一遍其他人的名字。「你們年紀都差不多，認識一下，玩得來的話以後都是朋友。」

一群人自然附和說好。

童安之朝青橙晃了晃手裡的手機說：「團裡有遊覽車來接我們，咱們加好微信了，有空約哈。」

「好，一定。」

許導說：「往外走吧，我再說兩句，大家回去好好休息，還剩明天半場，不可掉以輕心。明天結束後，我請大家吃大餐。」

「哇大餐！」

「謝謝導演！」

「最後一場，再接再厲！」

一群人七嘴八舌地說著。

青橙因為抽空回了同學的簡訊而落在隊伍最後面。

等她發完抬頭，發現走在她身邊的居然是蘇珀。

她心口一跳，直覺地想裝沒看到快步走開……可明明看到了再這麼做就有點此地無銀、掩耳盜鈴了，所以她又假裝淡定地繼續按部就班地走著。

然後她聽到蘇珀開口問了一句：「崑曲好聽嗎？」很隨和的語氣。

青橙突然又想到了自己當年的謊言，有點訕訕然。

「聽不大懂。」她現在倒不會說謊了。

「是不太好懂。」

他說完這句也就不再跟她多說了，儼然是點頭之交的交談範本。

青橙自然也不會沒話找話，但她是有些尷尬的，畢竟她還記得那段舊事。不過好在很快就到了門口，蘇珀才又說了一句：「那再見。」

劇團的遊覽車已經在門口等候，此時巴士周圍竟然還圍著一些戲迷，看到他們出來，都興奮地朝他們揮手叫名字。

沈珈玏代表劇團成員向這群粉絲表達了感謝，以及關照他們早點回去，路上注意安全。大家隨後跟粉絲道別，然後上了車。

青橙則隨許導往停車場走。

「我沒想到，崑曲也可以這麼受歡迎。」青橙的意外是出於崑曲小眾的現實基礎。

許二叔笑道：「這次這部戲的演出效果，也在我意料之外。只能說，天時地利人和吧。」

「二叔，等《西樓記》結束後，你打算做什麼戲？還是做崑曲嗎？」她抱著一線聽到否定答案的希望問道。

「崑曲，但具體做哪部還沒想好。當初《西樓記》也是選了很久才定下的，它既不像經典曲目那樣盡人皆知，但也沒冷僻到需要大動干戈。」

青橙「哦」了聲，又問：「那下部戲你還是找蘇珀他們嗎？」

「他們劇團的這批年輕人，身上功夫都不錯。蘇珀的話，之前就是新生代中公認的佼佼者，《西樓記》一場合作下來，讓我對他更加看好。」

「……好吧。」

許二叔見她興致一直不高，以為她還是不太想做崑曲，就又說道：「橙橙啊，做導演的，眼光要放開闊，藝術是相通的，妳越是廣博，越能采百家之長，做出真正的好劇。二叔也不光是在做話劇。」

不是，她主要是因為——

他說「再見」的時候，她沒回，因為她其實不太想跟他再見。

她擔心見的面多了，他想起她來了可怎麼辦？這是她後知後覺想到的一點。

她很要面子的。

畢竟往事不堪回首。

「我明白了。」最差的結果就是被認出來，她大不了不承認。工作要緊。

「這就對了。」許導終於滿意地點點頭。「那回頭妳等我通知。」

「好。」

劇團那邊，車子開動後，蘇珀就戴上了運動衫的帽子，閉目養神。

其他人還都在聊著天，說今天的演出，說自己微博漲了多少粉絲，要去發條微博感謝下支持云云……之後有人提了一句許青橙，說沒想到許導長得不怎麼樣，他家姪女倒是好看得可以登臺了。

坐在蘇珀前面的童安之笑了聲：「可人家學的卻是導演。」

沈珈玏見旁邊的蘇珀今天狀態好像不太對，平時他雖然話也不多，但好歹會跟大家扯兩句，於是不免問道：「怎麼，你今天很累嗎？導演剛才還在誇你。你別給自己太大壓力了。」

蘇珀擺擺手，表示你想多了。

沈珈玏抬起一隻手拍了下蘇珀的肩道：「我那花籃是你送的吧？你沒必要那樣，在咱這一行，就是憑本事吃飯，不論資排輩。」

「長幼有序，我尊老愛幼而已。」

「噗。」童安之回頭說：「我說你嘴巴毒，是真一點都沒冤枉你。」

蘇珀卻不再開口，把帽簷又往下扯了些，堪堪蓋住了眼睛，似乎是真打算睡了。

隔天，青春版《西樓記》的最後半場在大劇院順利落幕，當晚就有不少文化類的公眾號推送了它，隔天還上了當地的紙媒報導，都在讚譽這次的演出。

不過這一切似乎都沒有影響到蘇珀的生活，在全部演出結束後的第二天，天剛亮，他就起來了，在廚房裡熟練地做好了三明治，切好了水果。

等他洗完手，端出早點到客廳，蘇母梁菲女士穿著一套藏青色的繡花香雲紗唐裝走出來。「兒子，早啊。」

「嗯。」蘇珀已經坐到餐桌前不急不緩地啃蘋果。

一縷晨光正透過餐桌邊上的窗子斜斜地射進來，打到他的眉眼間，讓他微微地瞇起了眼睛，同時濃密的睫毛蓋下來，落了一片陰影。

這時，擺在餐桌上的紅色手機響了，鈴聲正是他去年新年團拜反串的一句乾唱：小尼姑年芳二八……

猛然間聽到自己唱旦角的聲音，蘇珀不由得一陣惡寒，下意識地伸手按掉來電。「哎，兒子，是我電話。」梁菲女士搶過手機。「哎呀，是你姜姨，肯定是催我來了，快快，我要打包我的愛心早餐！」

蘇珀吃完手裡的蘋果，擦了擦手。只一轉眼的工夫，梁女士就收到了打包完畢的早餐，笑呵呵地跟兒子道了別，心情愉悅地找姊妹去踏青了。

蘇珀隨後也把自己的那份三明治打了包。練功不能吃太飽，飽吹餓唱，是老師在他們剛入學的時候就說過的。

當所有人天賦都不錯的時候，勤奮就是成功很重要的因素了。蘇珀倒未必對這一條理解得多深刻，他只是覺得既然入了這行，埋頭前進總是不錯的。

而這天一早，青橙在網上刷《西樓記》幾位主演的微博。

童安之發的是：麼麼噠！青春版《西樓記》告一段落，收穫了滿滿的感動，你們都是小天使！抱一個！

圖片配的是演出妝的自拍照。

評論裡都是說「美美美」的，青橙笑著也去添磚加瓦了一條。

蘇珀發的則是：感謝，我們下一場戲再會。

無圖。

評論不是誇他戲，就是誇他顏，要麼就是調戲他的。

青橙也搜了下沈珈玏。

沈珈玏發的內容很樸實，很接地氣：謝謝，謝謝大家！無以為報，只能繼續努力了。

圖片是一隻哈士奇。

評論多數是在說他養的狗，問今天狗子乖不乖，有沒有犯二，有沒有拆家……

青橙發現這幾個人發的微博內容，跟私底下給人的感覺還挺像的。

第四章

他不是在追妳吧

青橙關了微博，從床上爬了起來，因為她聞到了菜香，她的鼻子很靈，一聞就聞出了是在燉核桃鴿子湯。

九月上旬課業多，她已經挺久沒回奶奶這兒了。

青橙走到小客廳時，就看到老太太坐在沙發上，在翻照片——

「老太太，您又看。您都看不膩的嗎？」

「我的孫女，我怎麼可能會看膩呢？」許老太太微胖，但很儒雅，戴著老花眼鏡，一身老知識分子的氣質，看著很精神。

青橙一笑，索性坐在了奶奶邊上一起看。

老太太手上這本相冊裡收藏的大部分都是她小學時候的照片。入眼的是一張青橙彈古琴的照片——穿著蓬蓬紗的公主裙，低眉揚指，倒是功架十足。

許奶奶說：「妳小時候又是學這又是學那的，小小年紀就早出晚歸，我想讓妳少學一樣，妳還不肯。」

青橙笑咪咪道：「我後來不是沒再學古琴了嗎？」

「那不是還學著別的一堆嗎？」老太太又翻了一會兒照片，說：「我聽妳二叔說，他最近在做崑曲，那妳後面跟著他學，也要做戲曲了？」

青橙點頭。

許奶奶和藹地笑道：「妳小時候去聽了崑曲後，回來跟我說，妳聽睡著了。回頭可別又睡著了。」

「……」

青橙覺得挺不可思議的，有些舊事，明明多年都沉寂著一動不動，一旦冒出頭，就時常會被說起。

她看到桌上還擺著一本她中學時候的相冊，稍作沉思，去翻了一張照片出來，拍下來後，發給了室友施英英。

青橙問：「親愛的，跟我現在差別大嗎？」

施英英：「大啊。」

青橙汗：「謝謝。妳覺得跟我在八、九年前有過『幾面之緣』的人看到我，會認出我來嗎？」

施英英：「除非那人對妳念念不忘，畢竟妳的眼睛還是很好認的。我聽妳這話問的，是不是有什麼『舊雨重逢』的故事啊？」

青橙：「不是舊雨重逢，更沒有念念不忘。」

她想肯定沒有。而她會記得他，一是他的樣子變化不太大，只是褪去了少年的青澀，有了男人的稜角和氣韻；二是她本身擅長記人和事，場景、人物、有畫面感的東西她看過後會記得很牢。而對於數位、語言，她就不是很能記了。

施英英：「那八成認不出來咯。八、九年又不是兩、三年，八、九年前的同學我都忘得差不多了。」

青橙心說：那就借妳吉言了。

廚房裡在幫忙看火候的保母阿姨出來問：「老太太，我看這湯差不多了。」

許老太太合上相冊，起身說：「我估計著也差不多了。」然後對青橙說：「走，奶奶再做一道香芹百合，咱們就吃飯。」

青橙甜甜道：「奶奶，我幫妳洗菜。」

而當天傍晚，許二叔也到了老太太的宅子。

許二叔把在廚房幫奶奶和保母阿姨做下手的青橙叫了出來。青橙以為二叔要提工作的事情，不由得抖擻精神洗耳恭聽。

結果許導卻說：「橙橙啊，二叔想跟妳借用下妳家的園子。」

許青橙家在柏州有一座老園子，是她爸去年盤下來的，據說是原來的主人破產了，當時她爸手上正好有一筆閒錢就投了進去。因為園子比較老舊，所以還花了一些工夫整修。修好後，老許同志就用來招待招待朋友，很是奢侈浪費。

青橙這兩天都在看崑曲資料、影片，所以她隱約猜到了二叔的想法：「二叔是想做一齣園林實景版的崑曲？」

「孺子可教！」許導毫不吝嗇地誇獎了姪女一句。「柏州園子不少，但大部分都是公家的，要用的話申請程序繁瑣還不一定會批。私人園子也很難租到，因為從布置到排演，時間耗費不短。正好，妳家就有，橙橙妳看，妳跟崑曲是不是還挺有緣的？這崑曲呢，以前文人們都是在自己的園林畫舫中排演的，甚至有的人還有自己的家班，專門排他們想聽的戲，在他們自己的園子裡演。所以園林版其實是崑曲某種意義上的復古和回歸。」

青橙打斷了二叔生拉硬扯的緣分，說道：「二叔，你想借園子的話，我幫你跟我爸說下，沒問題的。」

「好，好。妳知道的，妳爸這個人，一向跟我不對路。要是我跟他開口，他一準兒不樂意借，還要嘲諷我幾句，所以……」

許家老大，也就是青橙的爸爸當年一意孤行，背離家庭世代文藝工作者的傳承非要下海經商，家裡其他人對他棄文從商不以為然、嗤之以鼻。許家大哥後來事業有成，也沒少反過來挖苦他們文人清高又清貧。總之，兩方就是話不投機半句多。

青橙一臉見多不怪的表情，很是理解。「二叔，那你打算做哪部戲呢？」

「具體的我還沒想好，就想從傳承的老戲裡挑那麼一兩折，讓演員到實景中去演。觀眾不能多，要保證觀看的人可以隨著演員的場景轉換坐定或者移步欣賞，走小而精的高端路線。目前我比較看好《玉簪記》。」

後來在飯桌上，許二叔跟老太太也報備了一聲園子的事，最後還頗為幽默地總結了一句：「咱們橙橙這算是帶資進組了。」

帶資進組當小跟班？青橙無語。

而老太太笑呵呵地多提了一句。「這是老大給橙橙準備的嫁妝。」

所以，我這是帶著嫁妝進組？青橙這麼一想，滿頭黑線。

《西樓記》結束後，蘇珀又參加了團裡的兩場交流演出，緊接著要開始忙《玉簪記》的排練。因為依舊是許霖導演，省去了前期很多工作。在開始排練之前，團裡打算先讓藝術指導老師給年輕演員們磨磨戲。

想到許導，他又不禁想到了許青橙。

許青橙……

他就坐在餐桌前，吃著早點，想了挺久。

許青橙到柏州崑劇團的那天，天氣特別好，晨光明媚，雲淡風輕。

她站在劇團大門口，一眼望進去是一座中心花園，裡面亭臺樓榭，很是雅靜幽深。

很巧的是，她進門見到的第一個人竟然就是童安之，青橙已經提前在微信裡跟她說過自己要來實習的事，後者一見到她就高興地上來擁抱了一下。

「妳好早啊，妳叔叔都還沒來呢。」

「給人打工嘛，總不能比老闆晚。」青橙將手上的水果遞給童安之。「唱戲前可以吃嗎？」

「別吃太飽就行，妳太貼心了寶貝兒。」

兩個女生堵在門口說了一會兒話後，有人出聲道：「請讓一讓。」

背後傳來的聲音青橙一下就辨認了出來，因為太好認了，她回過身，就見蘇珀背光站著，剪影輪廓鍍了一層金色。

「早。」蘇珀對她們又說了一句。

童安之「咦」了聲：「你剪頭髮了？」

青橙也發現蘇珀的頭髮比之前在大劇院看到他時短了不少，非常清爽亮眼。「早，蘇……」蘇什麼呢？直接喊名字很怪異，而她知道有些戲粉會喊自己喜歡的戲劇演員為老闆。

「蘇老闆。」

童安之笑了：「青橙，妳叫他蘇珀就行。」

青橙可叫不出口，有些為難。

蘇珀垂眸看著青橙道：「稱呼隨意。」

童安之又問蘇珀：「你今天來得比平時晚了不少，幹麼去了？」

「昨天睡得晚。」說著他就繞過她們往裡走，走了兩步，又像忽然想起什麼，回頭問道：「妳來這裡做什麼？」

他問的是青橙，回答他的卻是童安之：「青橙來給許導當助理，學習實踐。以後你可別像欺負師弟師妹們那樣欺負青橙，不對，不光師弟師妹，你連師兄也不放過。」

蘇珀一副懶得跟她多說的樣子走了。

童安之就跟青橙八卦：「之前，沈師兄謝他一件事，他就回了一句，大致意思就是不必謝，他不過是尊老愛幼。」

嘴還真有點壞，但青橙也不好隨便評價別人，只笑了笑，心裡想，我比他小，希望他遵守愛幼的準則，不要跟她過不去才好。

青橙在柏州崑劇團的第一天，上午除了聽許導跟劇團主管商量藝術指導以及研討策劃宣傳的具體事宜外，就沒什麼太大的事需要跟了。於是，空下來時，她就聽到了團裡不少八卦。

比如沈師兄愛狗如命，除非有演出抽不開身，否則鐵定每天定時回家遛狗，風雨無阻。

比如團裡某長官的小孩，八歲，來劇團玩時聽到童安之唱戲，驚為天人，此後每逢週末都要來團裡報到，想追到童安之小姊姊。

再比如蘇珀，休息的日子寧願去釣魚都不願去見長官安排的美女，長官還總結說，在咱們團的小蘇眼裡，美女不如一條魚——某師弟提供的八卦。

青橙：「哦。」

某師弟：「可惜我們童師姊喜歡家財萬貫的大叔，但我們蘇哥也不缺錢啊，再說年輕不是更好嗎，那啥多需要體力啊，是吧？」

青橙望著不遠處的湖石假山心想：師弟哪，我們好像還沒熟到聊這種話題的程度吧。她見小夥子一副為團裡成員的幸福操碎了心的模樣，不免問：「你的副業是媒婆嗎？」

「不是，他只是見妳長得好看，來跟妳套交情呢。」從後面冒出來的童安之拍了下師弟的腦袋說：「去去去，閒得慌就練聲去，才成年就想勾搭人了，我們這群大齡未婚男女青年都還沒搞定呢。」

小青年嘿嘿笑著跑掉了。

「怎麼樣，感覺？」童安之問她一上午在崑劇團的感想。

「大家都很用功。」劇團的演員們基本上都在勤加練功，只偶爾忙裡偷閒一下。

「吃得苦中苦，方為人上人，沒辦法，做這行只能勤加苦練。不過嘛，苦中也有樂。」說著，童安之頗為風趣地一笑。「但是，等我成了闊太太，就可以每天只管樂著數錢了。聽許導說過兩天要換到演出的場地去排練了，聽說是私家園林。不知道許導找哪位朋友借的，結婚沒？」

青橙差點被口水嗆到。

「幹麼這麼看著我？」童安之假裝摩拳擦掌道：「覺得我的目標很俗嗎？」許姑娘一臉正氣地搖頭說：「沒有，很好，很實際！我的目標是導出人人稱道的作品，名留青史，不是也很俗？」

「哈哈，我為利妳為名，咱們彼此彼此。」童安之又說：「等我結婚後，再生一雙兒女，人生圓滿。」

「我比較喜歡女兒。」

此時沈珈玏路過，聽到她們的對話，隨口搭了一句：「妳們在聊生小孩啊？」在他後面一步走著的蘇珀竟然也問道：「喜歡女兒？」這話問的自然是青橙。他眼珠黝黑，看著人的時候給人一種特別專注的感覺，青橙不由得撇開視線，隨意地點了下頭。

等沈珈玏跟蘇珀走沒影了，童安之才咕噥道：「蘇哥平時講話都沒心沒肺的，時不時冒出來一句還能一箭穿心，今天竟然那麼和藹可親，都沒噎我們，我還以為他會說，妳們對象都還沒有就討論小孩會不會早了點。」

「那我就回他一句，你不也沒有嗎？而且，還不一定誰先找到呢。」

「對，太對了！」童安之要笑死。

午間休息的時候，青橙剛拿出自帶的便當要吃，就有人來跟她說許導找她，她蓋上飯盒跑了過去——許導跟她說下午演員要開始跟老師磨戲，鑑於她對崑曲不太熟悉，讓她跟著老師旁聽，他等會兒要出去一趟，晚點再過來。青橙應了聲好。

而等她再回來的時候，一時間卻找不到飯盒了。四下一看，發現蘇珀正坐在臨水的涼亭裡，儀態悠然地把一塊榆耳塞進嘴裡。

她的便當盒怎樣都跟二叔訂的便當長得沒有半點相似吧，居然還能吃錯了？要說蘇珀故意來吃她的便當，青橙是無法想像的，那麼唯一的可能就是，他練功練得昏頭轉向了？

她踟躕了好一會兒，還是走了過去，斟酌著開口：「蘇老闆。」

蘇珀抬頭，眼帶詢問地看向她：「嗯？」

「不好意思，你手上的這份飯，是我的。」

「哦。」蘇珀沒有因為拿錯而尷尬，雖然露出了點歉意，但更多的反而是好奇。「是妳自己做的？」

「怎麼，不好吃嗎？」她下意識地問。

「很不錯。」

「謝謝……」

「這便當我已經吃了，妳估計也不想再吃了。」蘇珀說著伸手指了指遠處敞開著門的一間房。「便當到了，我那盒賠給妳。」

他說得有理有據，有退有進，讓人只能點頭認命。

青橙又看了眼自己的飯盒，不太情願地「哦」了聲後便去領飯了，總不能餓著肚子。

一分鐘後。

分派便當的員工點了點桌上的紙說：「領了飯後，把名字劃去。」

然後眼見著導演助理許小姐把蘇珀的名字給劃掉了，不解道：「妳怎麼把蘇珀給劃掉了？」

青橙只好簡要說明：「蘇珀吃了我的，我吃他的。」

周圍的三三兩兩：什麼情況？

另一邊，沈師兄走進涼亭，說道：「我可聽到了，你好端端幹麼占人家姑娘的便宜？」

蘇珀很淡定：「真拿錯了。」

「我們隔三岔五吃外賣，什麼時候吃到過這種紅木飯盒？」

「許導請客，大手筆也不一定。」

沈師兄搖搖頭，只當蘇珀是真弄錯了——粗神經的男人對於別的細枝末節沒法再多捕捉到。

他看到了什麼，好笑道：「看許小姐吃得直皺眉頭，合著我們吃的是狗糧嗎？」

蘇珀也往青橙的方向看去，只見她坐在長條凳上吃得慢慢吞吞。他又看了一眼自己手裡的飯菜，在吃之前，也沒想到味道這麼好，他以為只是一份自帶的普通便當。

他拿出手機刷了刷，問：「我訂點飯後點心，有什麼想吃的嗎？」

沈珈玏說：「我什麼都能吃。」

「我多訂點，大家一起吃吧。」

飯後，青橙收到了有人分發的甜品和鮮榨果汁，說是蘇珀請的，她恰巧想吃點甜的，剛才的飯她覺得有點鹹。

青橙一直知道戲曲演員練功很苦，現在雖然不至於像電影《霸王別姬》裡小癩子那樣挨打，但受累肯定是少不了的。可知道和親眼看到還是不同，一個動作來回幾十遍地磨，一句詞前後幾十遍地反覆，就為了找到那個最佳的點。那種疲憊是一點一點積累起來的，可直到看的人都要崩潰的時候，演員還得從頭再接著來。

因為今天下午主要是小生的老師過來，所以別人還有歇的時候，蘇珀就得一直練。青橙盯著他看了一個下午，愣愣地出神。在開著空調的房間裡，那件練功服竟然還能被汗水浸透……

下工時，許二叔看著姪女笑問：「我剛看妳看得很專注，是不是來興趣了？」

「嗯，有點。」

「喜歡就好。我本來還擔心妳要是完全不喜歡，後面工作起來就費勁了，也不開心。」兩人快走到車邊時，許導又順嘴一問：「妳駕照還沒考出來嗎？」

「考出來了。」但是還不敢開，說起這駕照，青橙筆試只看了一天資料就考了滿分，但路考考了三次才勉強通過。

她鬱悶地說：「駕校的教練誠心跟我建議，叫我把駕照放家裡當擺設得了，不要發揮它的作用，免得到時候引起一堆副作用。」

許二叔聽得哈哈大笑。

之後青橙正要上車，卻被之前跟她套交情的師弟拉住了，她現在記住這小夥子的名字了，叫林一。

林一遞給她一只素白的布袋子，一臉「我好像知道了什麼不得了的事」的表情，說：「蘇哥讓我給妳的。」

「什麼東西？」往裡一看，是自己的飯盒。

「蘇哥說已經洗過了。」

「哦，謝謝……」

「那我走了。」說著一溜煙跑了。

等她一上車，許二叔就問：「蘇哥？蘇珀嗎？他送妳東西了？」

不是送，是還……

這該怎麼說呢？

然而許二叔已經想遠了：「蘇珀不會在追妳吧，橙橙？」

「不是啊！」

等回到家，青橙把盒子拿去廚房，隨手打開，竟然發現裡面放著一封信，她不由得心驚肉跳，胡思亂想，不會吧……

她緊張無比地打開信封，裡面躺著兩張紅豔豔的鈔票。

「……」

啥意思？

是感謝費嗎？

還是感謝費外加明天再來一份的意思？畢竟有兩張。

第五章

臉紅得真正好

「奶奶，王阿姨，妳們明天能多做一份便當給我嗎？」

為了安全起見，青橙在吃晚餐的時候，跟奶奶和保母阿姨提出了這樣的要求。

老太太問：「怎麼了？妳不夠吃嗎？」

「……我拿去做好人好事。」

第二天一早，青橙抱著便當剛到園子門口，就遇到了蘇珀。不管他那兩百塊錢是什麼意思，她帶都帶來了，自然也不扭捏了，乾脆地把其中一份遞給了他——一只不同於之前的木質飯盒。

蘇珀看了一眼飯盒，隨後抬眸對上她的眼，她的眼睛生得很漂亮，這叫杏眼吧？不笑都像含著笑。

「給我的？」

「嗯，銀貨兩訖。」青橙解釋，又說道：「飯盒不用還。」

蘇珀一笑，沒回答她，拿著飯盒走了。

青橙一早給便當時自覺沒人看到，可到了中午吃飯的時候，她給蘇珀送飯的八卦就跟流感似的，幾乎盡人皆知了。

沒多久八卦又演變成了：許小姐在追蘇珀。

青橙心道，謠言止於智者，急於澄清只會越描越黑，況且她捫心自問，無愧於心。

下午的時候，童安之找到青橙直截了當地問：「八卦說妳想追蘇珀？」

青橙搖頭：「不是。」說著瞄了一眼遠處的蘇珀，又問：「……蘇老闆對八卦有沒有說什麼？」

「他啊？沒有，跟往常一樣，該幹麼幹麼。」

「哦。」他不亂想就行。

童安之笑吟吟地問：「可妳為什麼給他送飯？」

「他給我錢了。」

童安之萬萬沒想到竟是這樣的因果關係。「原來竟是金錢交易！」

青橙乾笑了兩聲。

「看來蘇哥是真吃膩了外賣和後廚的大鍋飯，想吃點家常菜了。話說妳做菜很好吃嗎？」童安之問。

「我不會做，是家裡人做的。」說著青橙停頓了下，還挺自豪地說：「但我都知道怎麼做，人稱廚藝界王語嫣。」（註2）

童安之很捧場地笑了兩聲，然後安慰廚藝界王語嫣說：「妳也別在意這些八卦，我跟蘇珀，還有沈師兄跟蘇珀都被傳過緋聞的，過段時間就好了。」

沈師兄是什麼鬼？

註2　王語嫣是金庸作品《天龍八部》女主角之一。其表哥慕容復熱愛武功，她為此熟讀各種武學祕笈，並能看出武功招式，雖解說得頭頭是道，但本人其實不懂武功。

這一天，青橙過得有點啼笑皆非。

九月中下旬的天氣還是有點熱，青橙依然每天堅持提早一刻鐘左右到劇團報到，她習慣早做準備。不過除去第一天之外，蘇珀都比她早到。她來的時候，他就已經在吊嗓練功了。她本來還怕單獨和他相處，誰知他忙起來，兩人根本沒有時間交流，偶爾視線交錯，他也就是禮節性地微微一點頭。

青橙心裡再一次挺欣慰、挺寧靜地想：這樣很好。

等到戲磨得差不多的時候，《玉簪記》的幾位演員終於坐遊覽車移步去了之前許導說的私家園林排練。

園林坐落在老城區，前方是被開發成了旅行景點的老街，後面是山水風光，四周還有一些老宅園子，景致真是沒地說。

童安之轉了一圈後問：「這房子得值多少錢？」

小趙小聲道：「據許導說，可以在市中心買四、五套房。」

童安之說：「那也還好呀，我還以為要過億呢。」

園子的主人青橙，這天卻到得最晚，因為她忘記換地方了，還是跑去了崑劇團，於是來回一折騰就晚了。

等她氣喘吁吁趕到時，演員們都已經換好了衣服，樂隊也已經就位，要正式入景排戲了——

此時蘇珀扮演的潘必正坐在臨水的亭子裡彈琴。

青橙當然知道，他並不是真彈。舞臺上的道具琴沒有弦，演員只需要做做樣子。這次為了配合實景，許導堅持用了真琴，蘇珀只需做足架勢，控制琴音。琴音小，觀眾區根本聽不到，最後還是需要工作人員掐好時間從擴音器裡播放配音。

青橙的目光隨著他起身，踱步前行，就看到童安之扮演的陳妙常上場了，青春俏皮之下，若有似無地藏著那麼一絲半縷的愁緒情思。

兩人在橋上相遇，倒影雙雙落在池中，水氣清冽，使得這水下的一幕看起來比現實中更加澄澈。

此刻的園中，梧桐細語，青楓翩飛，藉著樹梢半遮的日光與一池靈動的水波，小橋邊花草扶疏，遠處粉牆竹影晃動，與陳妙常的唱詞「粉牆花影自重重」完美契合。

樂隊被安排在池子對面的聽雨軒與迴廊交界處，由白色的紗帷掩映著，那空靈的笛聲貼著水面而來，盡顯水磨腔的清揚婉轉，柔麗悠遠。

完完全全的實景，沒有鏡頭帶領，演員在哪兒，觀看的人目光就聚焦在哪兒，移步換景。

青橙站著，只覺眼前仙袂飄飄、釵光鬢影，伴隨著演員那細細碎碎、來來去去的步子，聲聲入耳的吟唱，就彷彿空氣裡也縈滿了某種曖昧的氣息，這一刻，她竟稀裡糊塗地看入了迷。

直到許導喊了聲好，她才回過神來。

許導對於這樣的效果可以說是非常滿意了，等蘇珀從亭子裡走出來，他就拍了拍他的肩：「很好，怪不得你們團裡的那兩位老藝術家都說你將來一定成績卓然。」

青橙已經走到許導邊上，大家都朝她看了過來。

「不好意思，來晚了。」她有些尷尬。她的目光剛好對上蘇珀的，但很快她就錯開了，不過那一眼也讓她看清了他額頭細密的汗珠，被日光照得晶晶瑩瑩的。

許導跟自家姪女通過電話，知道她為什麼遲到，只笑著搖了下頭，繼續說戲。可沒說一會兒，他就見身邊的人一直在搖來晃去，雖然動作幅度很小。

「妳幹麼呢？」

青橙已經盡量控制自己不亂動了。「蚊子太多了。」園子裡花草茂盛，相對的蚊蟲也多。而她恰好就是招蚊體質。

站在她對面的蘇珀已經似有若無地看了她好幾眼，此時問：「妳這麼招蚊蟲，怎麼不隨身帶點驅蚊的？」

「我哪裡知道園子裡會有那麼多蚊子呢。」

許導說：「妳自己家的園子妳從沒來過嗎？不知道植物多、蚊蟲多？」

自己家的園子？

在場所有人：「……」

童安之瞪大了眼。「小許導，這園子是妳家的！」

「嗯……」眾目睽睽之下，青橙不好意思地點了下頭，其實她私心並不想這麼高調。

其中一個師弟立馬說：「土豪姊姊求包養！」

蘇珀瞟了師弟一眼，伸手輕拍了下他的後腦杓，道：「別學壞不學好。」

對蘇珀一向很崇拜的師弟馬上認錯：「哦，我知道了。」

童安之已經拉著青橙到了邊上，說：「我有先見之明，拿了驅蚊貼，來來來，姊姊給妳貼。」
就剛才這一會兒說話的工夫，青橙的手臂上就又被咬了兩口，她邊撓邊說：「姊姊，妳真是太好了。」
「妳要是男的，再大十歲，我會對妳更好。」
青橙聽了忍俊不禁：「無奈我生錯了性別，不然我們倆就是一對情投意合的神仙眷侶了。」
「有多餘的嗎？也給我一張。」蘇珀說著也跟了過去。
童安之回頭問：「蘇哥，我記得你不太招蚊啊？」
蘇珀淡淡地甩出了一句：「這家的蚊子大概是很久沒吸到人血了，很飢渴。」
飢渴……
青橙覺得蘇珀講話太讓人頭痛了，這話要是換作跟她有仇的人說的，那就是指桑罵槐，反之，就有那麼點撥雨撩雲的意思了。
他肯定不會撩她，那應該就是取笑了？
她走了兩步，後頸突然被人輕輕撫了一下，她瞪大眼睛看向出手的蘇珀，問：「你做什麼？」
「有蚊子。」
「……哦。」她撓了下後頸，並不癢，看樣子是還沒咬紮實就被趕走了。「謝謝……」
「不客氣。」
童安之剛才回頭看的時候，剛好看到了蘇珀的舉動，她的眼神裡多了點耐人尋味。

等到後面再上臺排練時，她低聲問蘇珀：「許姑娘是不是很招人，很可口？」
可口？
蘇珀低頭撫了下衣服，說：「好像妳啃過似的。」
童安之：「……」崑曲界當紅小生的思維模式，她是真應付不來。

這天忙完收工，許導通知：「明天我有點事情，沒法過來，排練暫停一天，你們就自行安排時間吧。」然後看了下手錶又說：「現在已經七點了，都餓壞了吧？你們要不要去聚餐？我就不去了，小趙去吧，給你們買單。」
大家一聽都高興得歡呼，連聲感謝許導請客。
許導看著自家姪女說：「妳也一起去吧，跟他們一起去放鬆放鬆。」
做導演的自然得合群，青橙點頭說：「好的。」
等許導走後，一群人去了一家日本料理店。
不是在工作狀態，大家說話就更放鬆隨便了。
活潑開朗的林一同學問青橙：「小許導姊姊，妳家裡是做什麼的？」
小許導這個稱呼，自從被童安之叫了幾次後，劇組多數人都這麼叫她了。
「我爸做點生意。」
「哦哦，做得很大吧？」
「還好……」
林一又問：「妳有男朋友嗎——」

童安之打斷他，說：「你別一直打探別人的事，很不禮貌，是吧蘇哥？趕緊教育教育。」

蘇珀無可無不可地道：「沒事的，聊天而已。」

林一說：「就是。師姊，我一直想不通，妳為什麼一定要找有錢的大叔交往呢？我們團裡明明帥哥那麼多，不說蘇師兄，還有沈師兄、趙師兄，還有我……」

「你？毛都還沒長齊呢，還你！」

「我虛歲二十了。」

童安之說：「法定結婚年齡沒到，生孩子都沒法報戶口。」

一群人哈哈大笑，青橙也聽得挺開心的，她見坐她對面的蘇珀也是眉目帶笑，似乎心情還不錯。

她的目光剛在他身上停留，就被他發現了，可能是喝了酒的緣故，被發現了她也沒移開目光，還朝他淺笑了下。

蘇珀微微地一愣，看著她，眉眼間的笑更深了些。

青橙問：「蘇老闆不喝酒嗎？」

「我開車來的。」

「哦，開車確實不能喝。」

蘇珀低頭抿了一口茶，別開了目光。

她喝了一瓶清酒，臉上有點紅，紅得真正好。他不動聲色地想著。

一群人邊吃邊聊，聊學藝的辛苦，聊受關注後的欣喜，聊夢想追求，一頓飯吃到快十點才結束。

從餐廳出來，劇團的人上了蘇珀和童安之的車，小趙要送青橙，但他們其實不同路。

青橙便婉拒：「我叫計程車就行了。」

「我送妳吧，我看妳喝了一瓶酒。」站著車邊的蘇珀開口。

青橙歪著頭朝他笑了笑，夜晚的燈火落在她眼裡，就如天上的繁星一般，閃亮亮的。

「我酒量很好，一點問題都沒有。謝謝蘇老闆。」

這時候剛好一輛計程車停下，有乘客下來，她朝蘇珀和其他人道別：「拜拜，後天見。」

大家紛紛回她話，她一揮手上了車。

蘇珀目送了一陣，才回到車上。

有師弟說：「小許導好獨立啊。」

第六章

喜歡笑起來很甜的

雖說是假期，但蘇珀還是照常到了團裡練功。

劇團裡今天也正巧是放假日，沒什麼人在，倒是意外地剛進練功房就看見了趙南。

趙南是他們團年輕一輩裡最出色的淨角兒。

行話說，千生萬旦，一淨難求。可見，年輕的好花臉在業內之稀有。

「蘇師兄，早。」

蘇珀點了下頭。「早，回來了？」

兩人雖然同劇團多年，但交情卻不深。

「嗯，昨天來團裡報到的。」

趙南剛練完工，此時正坐在凳上喝茶，額角掛著幾滴豆大的汗珠。

其實照現在趙南的長相，大多數人都會誤以為他是唱小生的。錯就錯在，趙南小時候嗓子是真好，身量是真矮胖。什麼叫一胖毀所有，少年時期的趙南就是最好的證明。當時選小生的老師生生就把一棵好苗子白白送給了選花臉的老師。

趙南說：「我在北京學習了大半年，回來發現團裡變化挺大的。恭喜啊蘇哥，新戲反響大好。」

蘇珀只是笑笑，隨口說了一句：「昨天剛到，怎麼不多休息兩天？」

趙南看了蘇珀一眼，不答反問：「蘇師兄的組今天不也放假嗎？不也一早就來了？」

蘇珀總覺得自己跟趙南大概不是一路人，以前也是，跟他說不上幾句就無話可說，想多客氣幾下都太費腦。只能又笑笑，各自幹各自的去。

蘇珀沒想到的是，第二天居然在許家的園子裡又見到了趙南。

趙南說是來探班，還給大家帶了飲料和水果。

他見趙南在給青橙遞切好的西瓜，不由得皺了下眉頭。

青橙看到蘇珀走過來，見他眼神落在自己手裡的西瓜上，想了想，大方地遞給了他。「你師弟帶來的。」

蘇珀沒想到她會給自己，他接了過來。

青橙自己則重新去拿了一塊吃。

蘇珀見她嘴角沾了點紅，是一點西瓜瓤，他的手指動了動，最後還是抬手給她擦掉了。這動作可以說是很突兀了，青橙僵住了，連邊上的趙南都有點意外。

蘇珀說：「有點瓜瓤。不好意思，強迫症。」

青橙：「……哦。」

有人叫趙南，於是他便轉身走了。

所有人都開工的時候，被蚊子咬得快哭了的青橙躲到邊上給自己噴驅蚊水。沒一會兒，聽到有腳步聲，回頭一看，是趙南。

「嗨，妳好，妳是許導的姪女……」趙南微笑搭訕。

「您消息真靈通。」青橙無奈，她並不想所有人都只拿她當導演的姪女看。

「妳似乎不太高興我這麼說。」趙南很敏感。

「哦不，這也是事實。」青橙之前只跟他聊了兩句，他說他也是柏州崑劇團的，青橙並不意外，因為長得確實俊秀突出，不過——

「我怎麼以前沒見過你呢？」
「上半年，我都在北京學習。」
「哦。你也是小生？」
「不是，我是應工花臉。」
青橙現在對崑曲裡的角色分類都已經很瞭解——花臉，是要用油彩把演員的整張臉畫成既定的臉譜，對樣貌的要求自然就不高。
「你長得這麼帥，為什麼會學了花臉呢？」
「因為我小時候醜胖醜胖的，只有花臉老師願意收留我。」
青橙有點難以想像。
「要看我以前的照片嗎？」
趙南竟然還真存著兒時的照片——手機拍下的一張略有些發黃的照片。
青橙看看面前的人，又看看照片，說：「你真是教科書般地逆襲啊。」
趙南聽了，不由得笑出聲來。
青橙有工作在身，也不好多聊：「那我先去忙了，你自便。」
「等等。能把妳電話給我嗎？」
對方問得很客氣，兩人剛才聊得也挺好，沒有拒絕的理由，青橙便同意了。
「好了，妳忙吧，有空聯繫。」趙南晃了晃手機，瀟灑一笑。
「好的。」

趙南是午餐前走的，下午開始下起了暴雨，簷角如同掛了道瀑布，豆大的雨點砸到青石板上，劈啪之聲宛如奏起了交響樂。這樣的背景音下根本無法排練，許導無奈，只能讓大家邊休息邊等雨停。童安之走到青橙邊上，挨著她的肩膀說：「今天有戲粉組團來妳家園子外面蹲點。」

「戲粉？真的啊？我來的時候都沒注意到。」青橙看了下外面的雨。「不會現在還在吧？粉絲也挺不容易的。」

「人家在對面那家茶店裡喝東西，比我們在室外操練被蚊子咬可舒服多了。」

青橙想了下，也是。她又問：「是誰的粉絲？」

「還能有誰的，蘇珀的唄。說起來，妳今天見到趙南了，覺得他怎麼樣？」

「很帥啊。」

「跟蘇珀比呢？」

「……不太一樣。」

「那妳更喜歡哪一款？」

青橙發現自己都不用多想，心裡瞬間就有了答案，沒有任何猶豫，她有些心驚，但她又不想隨口糊弄人，雖然是小事，可她也覺得那沒意思，所以她老實答了：「蘇珀。」緊接著又補充：「我也喜歡年紀大點的，趙南看著比我還年輕。」

「哈哈哈哈，蘇珀也就比趙南大一歲，妳以為他們差幾歲啊？」

「三歲？」

童安之笑得差點岔氣：「穩重的蘇哥哥長得太著急了嗎？」

青橙大窘：「這話妳可千萬別跟他說。」

「不會的不會的。」

可是，架不住有人剛好路過聽到。

聽到的師弟轉頭就把這件事當樂子告訴了蘇珀。

蘇珀聽完後，沉默了一下，深呼吸了一口氣，繼續閉目養神。

這天這場雨似乎在跟許導作對似的，差不多停了的時候，已是傍晚。許導無可奈何，得，都收拾收拾，回家吧。

雨後微涼，大老爺們沒太大感覺，女孩子就忍不住有些瑟縮了。

青橙彎著腰在整理背包的時候，身後披上來一件衣服，她以為是二叔，轉身卻看到了蘇珀。

她臉上帶笑的表情瞬間就滯住了。

蘇珀說：「謝謝妳之前的便當。」

那都多久之前的事情了，現在才來謝？

實在有點奇怪。

她直起身子，還是把衣服拿了下來，還給對方，道：「不用了，謝謝。」

蘇珀接過，卻不是收回去，而是再一次披在了她身上，不緊不慢地，卻挺堅持：「妳穿著吧。」

有那麼一瞬，他近在咫尺，彷彿可以聽到彼此的呼吸聲。

青橙有些蒙，一種遙遠的熟悉感在心裡若隱若現，不明白他為什麼要這麼關照她，有種不真實感，她突然就想起了之前童安之說有蘇珀的粉絲在外面蹲守的事，脫口而出道：「你該不會是想拿我當替身，引開外面的粉絲吧？」話音剛落，她自己都覺得自己腦洞清奇，也顯得智商欠費，當下恨不得咬了自己的舌頭。

蘇珀微微挑眉笑了下：「不是，妳的身高怎麼當我替身？」

在青橙一臉啞口無言的神情裡，蘇珀又道：「先走了，衣服妳明天還我就行。」沒給青橙還他衣服的機會，說完就走了。

青橙的手抓著衣服，一時也不知道該繼續披著還是拿下來。

算了，反正都這樣了，就用著吧。她還真有點冷。聞到外套上陌生清淡的味道，也不曉得他是用的什麼洗衣劑，還挺好聞的……

蘇珀走到轉角口時，碰到童安之，後者說：「蘇師兄，高中生追女生嗎？手段那麼古老。」

蘇珀雙手插在褲袋裡，腳下都沒停，只丟出來一句：「不是說我長得太著急嗎？還高中生。」

「……」

這天半夜又淅淅瀝瀝地下起了雨，所幸隔天一早起來天朗氣清，一推窗還能聞到一股淡淡的、清冽的香樟花穗的味道。

蘇珀進廚房準備早點。

昨天去了一趟古鎮的梁女士一起床就又開始念叨跟她一起出去的姜阿姨有福氣，早上有媳婦給她煮龍蝦粥喝，然後開始哀嘆自己命苦，說啥時候早餐也能吃得上海鮮。

蘇珀幾乎每天都要早起去訓練，哪有工夫料理海鮮。

不過，他還是很孝順地從冷藏櫃的抽屜裡找出了一大包紫菜，看看邊上，又順手撈出一罐蝦皮。

心想：這也算是有兩種海鮮了。

吃早餐的時候，梁女士百味雜陳地坐在餐桌前啃著烤土司，喝著紫菜蝦皮湯，喝一口，嘆一聲：「兒啊，你那麼聰明，會不懂老媽的意思嗎？媽也不跟你繞圈子了，昨天你姜阿姨跟我說起她老公司同事家的姑娘，跟你同齡，當醫生的，又孝順又漂亮——」

「我喜歡比我小的。」

「你上次可不是這麼說的，你說年紀不是問題，但你不喜歡女強人。」

蘇珀依舊很淡定：「我有分寸，您別著急。」

「你有什麼分寸呀，都快三十了，一點動靜都沒有。三十歲之前沒讓我抱上孫子，我可跟你急。」梁女士嫌家裡太冷清了。

「孫女吧。」他隨口道。

「不管是孫子還是孫女，我都喜歡。但前提是你得快點找著對象才行。」

「行了，您慢慢吃，我走了。」

梁女士在他身後不滿地嘮叨：「一說讓你找對象就走得比誰都快，你到底要找啥樣的啊？」

蘇珀進了電梯。

找什麼樣的？

找笑起來很甜的。他想。

蘇珀的車剛停好，就看到右手邊一輛紅色的小轎車正慢悠悠地駛向旁邊的停車位。從還沒貼膜的車窗望進去，一目了然地看到了開車的人——

他露出了點笑。

他想等對方停好了再下車，結果司機來來回回倒了五次都沒能停正。

蘇珀覺得自己也是挺變態的，竟然在車裡數她倒了幾次車。

他數到第七次的時候，終於下了車，然後朝紅車子走去，抬手敲了下車窗。

青橙看到人，本來一臉嚴肅的表情變得有點緊張，她按下車窗問：「怎麼了？不會是我撞到了什麼吧？」

「沒有。我來停？」

不會停車的新手司機聽到老司機說要幫忙，簡直是如遇再生父母！青橙哪還會多想別的，求之不得，調到P檔後就下了車。

蘇珀上去，只花了三五秒就穩穩把車停好了，然後俐落地下車，關門。

青橙接過鑰匙時，眼睛裡帶著點沒法克制的佩服和羨慕。

她何時能三秒倒車入庫？

她道了聲謝後又想起車裡的衣服，便去打開後車門，拿出一個白色紙袋，遞給蘇珀：「衣服用家裡的洗衣機洗過烘乾的。」

「好。」蘇珀接過的時候，嘴角帶著點笑意。

第七章

哪有那麼多巧合

因為一場雨，園子裡的花徑上鋪滿了各色的葉子，層層疊疊，很有幾分意境。此時童安之和蘇珀在水閣的窗前各自默戲。

青橙見童安之的麥克風貼得不是很牢固，怕回頭排演時會掉下來，便走了過去，路過琴桌時，蘇珀正在有一下沒一下地撥弄那張琴。她的餘光掃過，忽然意識到了什麼。

她的腳步頓了頓，依然先過去整理好童安之的麥。再回來時，她故意放緩步子，不著痕跡地細看了幾眼蘇珀的動作，見他指尖抹挑勾剔一絲不苟，她確定了他真的會彈古琴，不過不是很熟練。

她心裡有些異樣波動，蘇珀這時停了手，抬起頭看她，問道：「怎麼了？」

「沒事……」青橙不露聲色地走出了水閣。

其實她對自己曾經放棄古琴沒有多少遺憾，但，還是有點懊惱當年做事太衝動，顯得她很……不理智，還有點傻缺。

青橙呼了一口氣出來，繼續專心做事，沒留意到身後蘇珀的視線落在她身上有一會兒了。

之後的排練很順利，一連幾天都是天公作美。

下旬的一天，青橙因為學校裡有點事，跟二叔請了半天假。然而學校裡的事情沒多久就解決好了，寢室裡又冷冷清清的，她就沒多待。本來想回園子，又想到這幾天市裡在舉辦四年一度的民俗節「軋神仙」，於是決定去城隍廟拍點小影片，畢竟難得一遇。

等她叫計程車到了城隍廟附近，從車上下來時，竟接到了趙南的電話。

「我看到妳了。」

「啊？」青橙下意識地四處看。

電話裡傳來笑聲：「我在路邊的車上。」

青橙總算看到了朝她招手的人，她走過去，趙南也下了車。「真是有緣，我剛跟人吃好飯，就見到了妳。今天不工作？」

「偷懶半天。」

「打算去哪兒？」他問得很自然。

「城隍廟。」

「去看『軋神仙』？」

「對的。」

趙南笑道：「據說今年有『神仙快閃』，走在路上幸運的話會遇到『呂洞賓』，他還會送神祕小禮物。挺好玩的。」

青橙眼睛一亮。「真的啊？你去過了？」

「沒有，朋友去過，跟我說的，我也一直想去看看，擇日不如撞日，要不我們一起吧？」

既然兩人志同道合，青橙也覺得沒什麼不可的，就落落大方地點了頭。「行啊。」

就這樣，兩人徒步往城隍廟走，很快便看到熱鬧的人群，以及城隍廟街口標誌性的雕塑，遠處有敲鑼打鼓的聲音傳來。

一到街口，青橙就從帆布包裡拿出相機來拍攝，拍那些行為藝術、特色攤位，這些平時都沒有。趙南提議幫她拿包包，方便她拍攝。
「不用，我大型攝影機都扛過，這點負重不算什麼。」
趙南便也不強求。
兩人逛了一會兒，趙南笑著說：「聽人說妳是在我們市的戲劇學院學導演？」
「是的。」
「妳以後也要導戲曲？」
青橙頓了一下，暫停了影片拍攝，並不隱瞞地說：「我學的是話劇。不過，我現在覺得戲曲也挺有意思的。」
「怎麼突然就覺得有意思了？」
趙南問得隨意，青橙倒答得認真：「因為人美，詞也美。」她最近研究了很多崑曲唱詞。
趙南聽後笑了下，沒說什麼，兩人繼續往前走，不一會兒，發現前方有舞獅隊的人正往這邊走。
青橙剛要退到邊上，有人從她身後拍了一下她的肩膀。
她轉頭看去，撞入眼簾的是一張戴著面具的臉——穿著道袍，頭梳髮髻，莫非——這人就是呂洞賓？
「呂……呂洞賓？」好戲太多，她一時有些應接不暇。
「這位小娘子，恭喜妳獲得神仙賜福！」這位「呂洞賓」邊說邊從寬大的袖子裡掏出一只紅色繡袋，遞給了青橙。

邊上一群人都羨慕地看著她。

有人說：「呂洞賓，你是挑好看的人給嗎？」引得不少人發笑。

青橙不太好意思地接過，剛要感謝，這位大仙就已經嗖地跑遠了。這速度，倒真有幾分沒練好的神仙架勢。

趙南說：「看看，裡頭是什麼？」

青橙也好奇，索性關了相機，打開繡袋去看，發現裡面是兩張附近影院當天傍晚的電影票。

這禮物倒是接地氣，但也真是巧了，這部片子她昨天剛跟童安之說要一起找機會看呢。

她十分稀奇地摸出手機把電影票和繡袋拍了下來，發給了童安之，說：「城隍廟的呂洞賓送了我兩張電影票，神仙真是料事如神。」

童安之沒回，估計在忙。

趙南見她高高興興地發好，才說：「有兩張票，送我一張吧？」

言下之意是要一起去看了。

青橙有點猶豫。

「怎麼？不捨得嗎？」

趙南笑咪咪伸出手，青橙只能默默給了他。

於是後來兩人逛好城隍廟後，就又一起去了電影院。

他們到的時候離電影開場還有二十多分鐘，趙南道：「妳請客看電影，我請妳喝飲料吧。妳在這兒等我一會兒。」

青橙想說，不用客氣她包包裡有水，然而趙南已經轉身去買爆米花和可樂了。

青橙便在等候區坐下，想著最近家裡老太太的補鈣奶粉好像喝得差不多了，她點開購物網站，打算再訂幾罐。

沒多久，她感覺到邊上有人坐了下來。她以為是趙南，也沒抬頭，只說了聲「來了」，結果身邊半天沒有動靜。

她奇怪地側頭看去，卻看到了蘇珀。

蘇珀！

「你，你怎麼會在這兒！」

對比青橙的滿臉震驚，蘇珀相當從容，說：「我要看電影，當然得到電影院。」說著停頓了一秒：「妳跟趙南一起來看電影？」

「……呃。」三言兩語說不清，只草草點了下頭，她更詫異蘇珀怎麼會出現在這裡。

「你，你今天不排練嗎？」

「童安之不舒服，請了假回家，女主角不在，自然不用排練了。」

「安之病了？什麼病？要緊嗎？」怪不得她之前發簡訊給她，她都沒回。

「老毛病。」蘇珀似乎並不想多說。

但青橙明顯很擔心。「什麼老毛病？」

蘇珀輕輕「嘖」了一聲，才說：「她說是經期綜合症。她一年會有那麼兩三次痛不欲生。我把人送回去的，一回家她就睡了，妳放心吧。」

青橙：「……」

蘇珀還想再說什麼，手機響了，來電顯示是陸老師，他只好起身先去一邊接電話。留下一臉表情複雜無比的許姑娘。

蘇珀在影廳門口打了一會兒電話，餘光就看到趙南拿著吃的朝許青橙走去。

這時，驗票口的服務生喊：「三點十分的，可以進場了。三點十分的，可以驗票進場了。」

「可以驗票了，我們走吧。」趙南似乎沒看到蘇珀，跟青橙說了一句後，就拿著東西走到前面帶路。

青橙再度朝蘇珀的方向看去，見他還在打電話，也不知道他是不是也看這一場。魂不守舍地進了場，等到坐下，她還時不時朝著入口的方向望去。

「看什麼呢？」

「沒什麼。」青橙笑笑，要伸手拿可樂。

趙南細心地替她插上吸管，才遞了過去。

「……謝謝。」

過了幾分鐘後，燈熄了，四周驟然暗了下來，螢幕上開始播放廣告。

因為不是週末，上座率不到一半，青橙右邊的位子就是空著的。

電影正式開場後，她身邊倒是有人坐下了，隱隱覺得對方身形有點眼熟，她不自覺地朝邊上看去——
「你……」她愕然道：「你，你對號入座了嗎？」如果是的話，這也太神奇了吧！
蘇珀沒回答她，只轉過頭跟趙南對了一眼，微微點了點頭，算是打過招呼。
趙南也咧嘴笑了下。「蘇哥，好巧。」
「嗯。」蘇珀想，哪有那麼多巧合。
「蘇老闆……」青橙又輕輕叫了一聲。「你真的對號入座了嗎？」
蘇珀小聲回她：「妳是驗票員嗎？別管我對不對號了，專心看電影吧。」
此時此景，她怎麼可能還專心得了？
電影開始後，青橙又偷偷看了蘇珀一眼，只見他一手撐著下顎，看得挺認真。反觀趙南，時不時刷一下手機，似乎對這部文藝片不是很感興趣。
她調整心態，讓自己別太在意右手邊的人。
她心神不寧地望著前方——
熬了半個多小時後，總算是把電影看進去了。
可是，戲進行到一半，男女主角的曖昧氣息越來越重，明眼人都知道，接下來該是床戲了。前座的情侶還有些小動作，青橙窘迫得無以復加，伸手想拿可樂來掩飾尷尬。
誰知右手一抓，沒抓著可樂，卻抓住了一隻手。她嚇了一跳，迅速抽回手，扭頭看去，「被害者」蘇珀也正看向她。
「我忘記買飲料了，有點口渴。」蘇珀說這句話的同時，電影裡的男主角正湊到女主角的耳邊，帶著輕喘的氣息吐了句「我有點餓了」，隨後就張嘴含住了女主角小巧的耳垂……

這兩句夾在一起，青橙不禁淚奔：真是日了×了。她從來沒覺得「飢渴」這個詞如此形象生動過。誰知，蘇珀又緊接著來了句：「我會打開蓋子喝，不介意吧？」他的音量控制得剛好只有她能聽到。

青橙此時哪兒還有心思去思考他的話，只「嗯」了一聲。

趙南發現他們在交談，隨口問了聲：「蘇哥說什麼？」

青橙盡量保持了平和的聲音：「他渴了。」

「是因為電影嗎？」趙南似乎有所聯想，低笑道。

「……」

趙南的話蘇珀也聽到了。「片子的情與慾表現得很好，有什麼問題嗎？」

趙南不說話了。

電影繼續，慢鏡頭的綿延試探著情慾的邊緣……好在是邊緣，而整場床戲很快也結束了，青橙如釋重負。

之後三人都沒有再說話。電影臨近尾聲的時候，趙南電話響了，他按掉了，之後回了一會兒簡訊，跟青橙說，他有事得提早走了，有空再約。

青橙便禮貌應允：「好。」

「蘇哥，再見。」

「好。」

於是乎，青橙身邊只剩下了蘇珀……

等到電影結束，青橙跟著蘇珀走出影廳。

蘇珀看了下手錶問：「要不要一起吃頓飯？」

「我約了家裡人。」幸好真跟奶奶說好了要一起吃晚餐，否則還得找理由。

「那我送妳回去。」

「不用，我自己回就行。」青橙婉拒，面上帶著笑，顯得無比真誠。

「我本來就要去城北買點東西，順路，送妳吧。」

之前吃日本料理那次，她跟小趙說過她家在城北——她記得自己當時走在他後面，他在跟他師弟說話，而她說得也不大聲。

「不用那麼麻煩……」

「不麻煩。」蘇珀若有所思地看著她，又說了句：「妳為什麼那麼不想我送妳？」

還不是因為跟你有過一段……我怕掉馬甲。

她一時也找不到好的說辭來推拒，硬要說不想你送，更讓人多心。

最終，青橙還是坐上了蘇珀的車，一輛低調的黑色越野車，車裡很乾淨整潔。

蘇珀上車後就遞給她一瓶礦泉水。

青橙連忙接過。「謝謝。」

蘇珀發動了車子，問道：「妳跟趙南很熟？」

青橙被他問得一愣，不知道他是什麼意思，就照實說：「不熟，今天第二次見。」

蘇珀「嗯」了聲：「妳住哪裡？」

「香竹巷，你把我放植物園那邊就行，不用繞過去了，那邊經常堵車。」

「不差那麼點路。」

「我走走就——」

「許小姐。」

「嗯？」

「我習慣送佛送到西，妳還是成全我吧。」

青橙：「……」

蘇珀將人送到了社區門口才離開，剛開出沒多久，就接到了梁女士的電話：「兒子，在哪兒呢？晚餐回來吃嗎？」

「回，我到老街給妳買點栗子再回。」

「哎呀，兒子，你太好了，特意跑那麼遠給老媽買栗子。」

蘇珀心道：只是順便。但話到嘴邊，還是變成了：「妳愛吃就好。」

我念你如初
I miss you all the same

第八章

這是青山路

青橙又收到了一條來自趙南的簡訊，距離上次看電影過去了兩天。

他說他當晚在大學城附近的小劇院有專場表演，邀請她過去看，她當時在忙，訊息一直沒來得及回，結果晚些時候他還讓人送來了一張戲票。

青橙想到晚上許導還安排了夜戲，雖然她只是導演助理，有她沒她問題不大，但別人都還在加班，她提早走人也不太好。再加上，也不知道是不是她的錯覺，她隱約覺得趙南似乎挺樂意「接近」她——這兩天他都發了簡訊給她，雖然只是簡單地問一聲「在忙什麼」之類，她因為有所猜疑，所以回得都很客客氣氣、規規矩矩。

她剛拿出手機要回覆趙南，想說不去了，就看到了從遊廊另一頭走過來的蘇珀，他走得不急不慢，但半妝的樣子卻像是剛從西廂偷溜回來的張生。

青橙看到他，下意識地先收起了手機，收完又覺得自己這行為很是莫名。

蘇珀走到她面前，眼睛瞟到了她手上拿著的戲票，於是臉上本就不甚深的笑意漸漸隱去。

青橙見他不走，有些為難。「公子衣衫不整，是被哪個娘子趕了出來嗎？」想提醒他可以去整衣服了。

蘇珀回道：「想知道我被哪個娘子趕出來，晚上就認真看戲。」

本是一句玩笑話，他卻回得似乎話中有話，青橙一時間不知道說什麼才好。

蘇珀也沒有再跟她多說，頭一點就離開了。

這時，講著電話也走到這邊的許導看到自家姪女握著一張票出神，便上去低頭一瞧：「朋友的演出？」當下就替她做了決定。「去吧，多看點戲，多學習學習。今晚不用妳，我做主了，放妳半天假。」說著，許導拍了下姪女的肩，講著電話走開了。

想要愛崗敬業的許姑娘無語了，她又看回手上的票，心想：人家排一場戲也確實不容易，又專程托人給送票，浪費了可惜，也有點過意不去。而那點猜測，說不定是自己想多了。

這麼想著，青橙索性把手機塞回了口袋。

當童安之得知青橙要去看趙南的戲後，甩著袖子唱了一句：「有了新歡忘了舊愛。」

青橙笑道：「別怕，我念舊。去去就回。」

童安之換回正經面孔。「其實我也挺想去看看的。人一排到不同戲裡，就沒法給對方加油了，妳就替我們去給他加油打氣吧。」

「一定帶到。」

青橙叫計程車到了趙南演出的地方，她到得早，這是她長期以來的習慣，去看現場演出一定預留給自己充足的時間。

她到的時候給趙南發了一條微信，結果沒想到他親自出來找她了。

「你的專場，很忙的，怎麼還出來接我，我自己找位子就行。」

趙南笑著道：「妳是貴客，當然要招待好。」

青橙說：「我代表安之他們來給你加油，預祝你表演成功。」

「謝謝。來，這邊走。」趙南帶著她往裡走。「妳能來，我很開心。」途中，他順手拉住了她的手腕。

青橙微愣，有些尷尬地掙脫，同時轉移了話題問：「你今天演什麼？」
「鍾馗嫁妹。」他依舊無事人一般。
「你演鍾馗？」
「難不成妳認為我能演妹妹？」
青橙笑了笑，道：「其實我覺得，你演妹妹也不是不行。」
趙南很捧場地配合：「長得好看怪我咯。我要演的不只是鍾馗，後面還有不少折子，妳到時候看過去就知道了。」
「好。」
兩人走到演出廳後門口，青橙忙說：「那你去忙吧，我去位子上坐等你的演出。」
「要跟我去後臺看看嗎？」
「不用了，我怕打擾你們。你快去吧，等會兒見。」
「那行，待會兒見。」

青橙找到位子坐下，這個小劇場她其實以前跟同學來看過兩場表演，一場是別的學校學生排的話劇，一場是外國來的小型劇團表演的《茶花女》。
在等待的過程中，陸陸續續有人進來，到開場前，觀眾席差不多坐滿了。
紅幕升起，戲終於要開場了。
這回，青橙看到了一齣不一樣的崑曲——演員幾乎滿場地在舞，而鮮少唱。趙南演的鍾馗，帶著五個小鬼，眩目的打扮在舞臺上配合俏皮的動作，引得大家看得目不暇接……

青橙看著畫著鍾馗臉譜的趙南，如果事先他沒跟她說他要演鍾馗，她是肯定認不出他來的。

她突然想到前兩天二叔跟她瞎聊的時候說道：花臉，不是演壞蛋就是演粗漢，演得再好，也難有生旦的流量，這是一早就註定好的。

一折戲緊接著一折戲，趙南會得多，最後一折他選了《夜奔》，從喧囂鬧騰到蒼涼寂靜，每一折戲都很有特色。

演出結束後，青橙去後臺跟趙南道別，也真心誠意地說了一句：「你們的演出很與眾不同，讓人印象深刻。」

「謝謝。」趙南在卸妝。「我們等會兒要找地方去喝點東西，妳一起去吧？」

邊上有人起鬨，趙南也沒阻止。

青橙說：「不了，跟家裡人約好了，得早點回。」

趙南挺可惜道：「那好吧，我們下次再約。」

青橙點了下頭，又說了句：「恭喜你們演出成功。」這才離開。

等青橙走後，趙南邊上的年輕人說：「你在北京交往的女孩子分了，要追新的了？我們的花臉哥哥真是無愧於『花』這個字，花花公子。」

趙南不喜歡別人老跟他提「花臉」，哪怕他就是做這行的。

「沒交往過，別瞎說。行了，都去換衣服吧，換好去喝東西。」

「行行。」

而此時，許家園子內的最後一幕戲也落了幕。

終成連理的陳妙常（童安之飾）拉住下了戲就收起情愛表情無情走人的潘必正（蘇珀飾）說：「蘇哥別急著走，再聊聊嘛。」

蘇珀瞟了一眼自己的搭檔。「說。」

「聽說你入了上好的猴魁，真有甘醇的蘭花香那種。你能幫我買一些嗎？我買不到。」

「好。」蘇珀走到邊上拿了手機。

許導說了幾句話後，今晚的工作算是終於結束了。

這次換蘇珀叫住了童安之：「妳把許青橙的微信號推送給我吧，我有點事情問她。」

童安之挺意外。「你們到現在還沒互加微信啊？你要問她什麼？」

「小事。」蘇珀往更衣房走。「記得推給我。」

童安之本來想再調侃幾句，但恰巧手機響了。一分心，蘇珀就走沒影了。

青橙回家後跟奶奶聊了會兒天，等到她洗完澡再去看手機時，才發現微信裡有新朋友加了進來。

ID名：蘇珀。

申請時間有好一會兒了。

她一下子坐了起來，盯著螢幕許久，最終按了接受。
系統跳出：你已添加了蘇珀，現在可以聊天了。
青橙：「不好意思，現在才看到。」
蘇珀過了一會兒才回覆過來：「沒事。」
然後他又發了一張照片過來——濃蔭漸消的馬路上，除了昏黃的路燈，空無一人。
青橙不明白是啥意思：「？」
蘇珀：「剛好路過，這是青山路。」
青橙不知道什麼青山路：「……哦。」
蘇珀：「妳回家了？」
青橙：「對。」
蘇珀：「好的。」
現在是要輪到她回了，還是可以不回當作結束對話了？
青橙想來想去，最後決定簡單地發個「晚安」的表情包過去就算完了，結果看到對方發來一句「妳為什麼叫『木木橙橙』？」，她手一抖點到了邊上的「別走，親親」。
她手忙腳亂地撤回。
青橙：「不好意思，點錯了！」
但對方顯然已經看到了。
蘇珀：「表情挺可愛的。妳再發過來一次，我收藏一下。」
青橙：「……」

於是，青橙不得不再發「別走，親親」。

蘇珀問：「還有類似的嗎？」

青橙便硬著頭皮把同系列的都發了過去——

「強行撲倒！」

「乖巧等你來！」

「躺平任蹂躪！」

蘇珀：「挺有趣。」

……你開心就好。

她的微信名叫「木木橙橙」，因為她的同學愛叫她木木。

小時候認字少，「橙」字已經算是相當複雜了。

唯有這偏旁木是大家都認得的，連她自己也經常偷懶，把名字寫成許青木，於是同學就喊她木木，喊到了現在。

她突然想到以前跟他剛相遇的時候，他就問她：「妳叫木木？」

此刻，她沒回蘇珀的問題，因為她糾結上了，她剛才怎麼就完全沒想到這一點點暴露在外的「破綻」呢？

他該不會是有所懷疑了吧？隨後又想，應該不至於。再說了，不管他認沒認出她來，她的態度都是堅定地裝不認識他。

最後她粉飾太平地回了對方一句：「就隨便取的。」

本來就是隨便取的。

青橙想，現在改名字也來不及了，即使改也更像是欲蓋彌彰，只能以後多注意避著他點兒了。

第九章

我笑一個傾國傾城，妳多看一眼

一場排練下來，蘇珀沁了一頭的汗，他走到湖山石邊，拿起旁邊凳子上擱著的杯子喝水。

此時，周圍的工作人員各司其職，來來回回的人都腳步匆匆。他一抬眼，就在眾多的人影裡看到了遊廊邊的許青橙。她正背著相機，彎腰在跟道具師說些什麼，眉眼彎彎十分可親。

他站在那兒抿著茶看著，想起清早的時候，也是在那裡，她遠遠看到他，卻彷彿想起了什麼，轉身朝著另一邊走了。從頭到尾她都很自然，但他卻莫名覺得，她是有心避開。

這可真是，有點糟糕。他想。

青橙這邊，餘光看到不遠處正坐在石榴樹旁的蘇珀，她琢磨著，該怎麼跟他提直播的事情——

許導先前給青橙安排的工作任務之一是管理園林版《玉簪記》的微博，為以後的演出預熱，這算是宣傳之一。

不過青橙除了發微博之外，也會寫一些新聞稿找協力廠商推送，可謂盡心盡職。

而她發的微博文字內容很逗趣，配上構圖精準又有質感的照片，或人物漂亮，或場面忙碌，或互動有趣，收穫了許多戲粉的誇讚，常常催著官博君多發點。

這兩天，青橙盤算著想做一期演員們臺下的日常直播——符合時下年輕人的口味。於是她去徵詢了演員們的意思，大家都沒意見——除了蘇珀，她還沒問到。

最後青橙在下班前給蘇珀發了條微信過去：「蘇老闆，我明天想做一期你們的臺下日常直播，你看方便嗎？」
蘇珀：「好。」
青橙：「謝謝！」
青橙轉頭去發了直播的預告，演員們都很配合地陸續轉發了微博。
童安之之前玩過直播，所以她發的是：又要見面咯，想念寶寶們，記得給官博君按讚哦。
蘇珀則一貫簡明扼要：明天下午一點見。
其餘一群師弟師妹不管參演沒參演的，都轉了一波。

等到第二天中午午休時，青橙就準時開啟了直播。
作為導演系即將畢業的優秀學生，對於拍攝，青橙是很有自信的，不過現在的直播要的也不是「專業」，反而是「隨意」更受人歡迎。
所以她這個採訪人員很隨意地沒有入鏡，而是僅提供了聲音——
「大家好，這裡是園林版《玉簪記》的直播現場！我是你們的官博君。」
官博君原來是妹子啊，我還以為講話那麼皮一定是小哥哥呢。
官博君聲音很好聽啊，為什麼不露臉？
官博君快帶我們去看男神，還有安之美人兒。
這園子好漂亮啊。那是合歡樹嗎？好高，這得多少年了？

青橙說：「是合歡，不過多少年了我也不知道。好了，我現在要跨進的領域，就是你們的男神女神所在的區域了，做好準備……」

哈哈哈哈，這是我蘇男神嗎？男神你好歹是新晉的當紅小生啊，這麼糙的吃飯姿勢真的好嗎？

蘇哥糙得好酷好帥好有型！

想成為蘇哥手裡的那根玉米。

男神吃得好簡樸啊，男神我給你買肉吃！我傾家蕩產也要給你買肉吃！

唱曲兒前他們一向吃得不多的，下了戲才會去多吃……吧。

……

此時的蘇珀，穿著練功服，上下一身白，正坐在兩株桂樹前的石凳上，一條長腿懶洋洋地伸著，一條腿架著，膝蓋窩裡放著一碗餛飩，一手還拿著根啃了大半的嫩黃玉米，配著碧雲天、黃花地，儀態悠然地吃著午餐。

青橙：「……」他沒吃便當嗎？最近二叔訂的那家餐館很不錯啊。

蘇珀有所察覺，慢悠悠地抬頭。當他看到正前方門洞口站著的人是許青橙時，嘴角就揚了起來。「來了？」

這笑容，也太好看了吧。

我不小心點進來的，這人是誰？好帥啊。

青橙鎮定上前，恭恭敬敬地問好：「蘇老師，您好，我正在做直播呢，不好意思打擾到您吃飯了。」

「沒事。」蘇珀神情自若地看向青橙抬著的手機。「大家好，我是蘇珀。謝謝你們對這次園林版《玉簪記》的關注和支持。」

「蘇老師，要不您先吃飯吧，我回頭再來找您。」青橙道。

蘇珀又是一笑，說：「不用，我吃得差不多了。」他把手裡的東西收拾了下，放在邊上的石桌上。

然後對著青橙說：「要我做什麼？悉聽尊便。」

可以說是非常之合作了。

男神的眼神好包容啊。

真的什麼都可以做嗎？那我想把蘇哥哥帶回家，唱「則為你，如花美眷，似水流年」給我聽！

青橙看著手機螢幕說：「蘇老師，大家都很高興見到您。」她讀了兩條評論。「有粉絲說她從您進柏州崑劇團就開始關注您了，喜歡了您三年多，是您的鐵杆戲迷；有人誇您今天的髮型好帥……蘇老師，他們有好多問題想問您，您介不介意跟戲迷們互動一下呢？」

蘇珀道：「可以，妳隨意。」

青橙看到一條反覆發的評論，便問：「蘇老師，有人想給您寄吃的，您要不要？」

蘇珀道：「不用。」

「蘇老師，您幾歲學戲的？」

「十四。」

然後青橙聽到蘇珀又說：「舉著手機累嗎？要不我幫妳拿？」

感覺蘇哥私底下比微博上親切多了……

男神好貼心啊！

青橙心頭微顫，咳了一聲掩飾好情緒，說：「蘇老師，我不累，謝謝您。」然後接著問：「蘇老師，除了唱崑曲，您平時還有別的愛好嗎？」

「釣魚。」

釣魚不是老幹部活動嗎，男神是認真的嗎？

男神平時都去哪兒釣魚啊？我要去蹲點。

「蘇老師，您……有女朋友了嗎？」螢幕上刷得最多的就是這條，她不得不問。

蘇珀低頭笑了下，然後抬眼看向她，很快，他的視線又移到了她拿著的手機上。

蘇珀說：「暫時還沒有。」

粉絲們紛紛表示「讓我來」！

正在這時，童安之的聲音傳來：「嘿，你們倆在這兒幹麼呢？」

青橙看到童安之立馬舒了一口氣：「童老師，我們在做直播呢。來，童老師，跟戲迷們打聲招呼吧。」

童安之一秒從嘻皮笑臉變成和藹可親。

對著轉向她的鏡頭，童安之笑容燦爛道：「Hello，大家好，我是童安之！老朋友，新朋友，有緣千里來相會，你們都吃飯了嗎？」

青橙看到彈幕裡一片「哈哈哈」的笑，夾雜著「吃了」和「沒吃」。

童安之走到蘇珀身邊，問蘇珀：「你有沒有說我壞話？」

蘇珀回道：「還沒來得及說。」

童安之一臉萬幸道：「幸好我來得及時，不然都不知道要被你黑成什麼樣了。」

好風月啊，我心都酥了……

陳姑妳就從了潘生吧！

青橙讀了一條評論：「粉絲說，作為你們的CP粉，希望看到陳姑和潘生撒糖。」

蘇珀沉吟：「想像的空間更大。」

童安之大笑。「你們潘生只會秋江灑淚，還沒學會撒糖。」

之後童安之對著手機又說了幾件這些天排戲中的趣事，既宣傳了戲，還籠絡了粉絲。

青橙看著彈幕裡一片歡聲笑語，很是滿意，童老師巧舌如簧，都不用她「採訪」，自己就能講到粉絲感興趣的話題上去。

相比較而言，蘇珀就顯得有些……懶散了。

有粉絲就表示：童安之出場之後，蘇哥就雙手插褲子口袋，一派悠閒地只當他的背景板了哈哈。

青橙卻覺得，蘇老師還是不說話比較好，前面說的話讓她有點心驚膽顫的。

不過童安之還是CUE了蘇珀：「蘇老師，別當安靜的美男子了，再聊聊。」

蘇珀看了看她，挺漫不經心地問了句：「聊什麼？」

一看就是雖然盡職但並不積極的人。

於是童安之一點都不避諱地對著粉絲批評他：「你們的男神啊，雖然才貌雙全、一表人才，但是五行缺……火有沒有，一點都不熱情有沒有？」

她又朝青橙眨眼：「導演大大，是吧？」

青橙沉默了一秒，回以微笑道：「我剛來實習，不是很瞭解。」

童安之壞笑：「那妳來一句初來乍到的觀感。」

青橙一本正經：「好人。」

童安之雖然愛逗人，但這種場合還是知道分寸的，所以沒有多調皮。

蘇珀卻突然開口問拍攝的人：「好人？這麼簡單，不再多說兩句？」

青橙的睫毛微微顫動了兩下，沉聲靜氣地開始念粉絲的評論：「您可愛的戲粉們說您是有匪君子，如切如磋，如琢如磨；說您聲音……咳，很勾人。還有人說您沉魚落雁，閉月羞花……這話誰說的？這麼有才。」

哈哈官博君妳太仗義了，把最犀利的話念了出來。

我看安之美人兒快被笑憋死了，太可愛了。

男神看起來好像有點無奈哈哈，沒看錯吧？

我說，你們真的不覺得有哪裡不對勁嗎？

等青橙終於採訪完男女主角，之後再去找其他師弟師妹們閒聊時，頓時覺得輕鬆不少，一群年輕人笑鬧了一陣，也引發了不少粉絲的互動，效果十分不錯。

等直播結束後，她去官博上發了一條感謝大家參與和支持的微博。不少戲迷還問下次直播是什麼時候。

下次？身心有點疲憊的青橙想，等我緩緩再說吧。

晴日的傍晚，陽光斜照在園子裡，假山石邊的雞爪槭已經泛紅，跟餘暉交相輝映。

大部分人都已經下班走了，隔天便是國慶，但因為《玉簪記》這個戲需要契合深秋的自然之景，許導想安排在十一月上演，所以他滿打滿算，也只給大家留了三天的假。

假期短暫，大家爭分奪秒地出去浪了。

大部分人都已經下班走了，青橙因為一些瑣事被絆住，又接了奶奶的一通電話，等收工時，四下寂靜，彷彿只剩了她一個人。

剛準備走，青橙的手機又亮了下，跳出趙南的一條簡訊：「國慶有沒有計畫？要不要一起去附近爬山？」

趙南似乎真的對她有些過於殷勤了，青橙想。如果默許這樣的殷勤，對於對方來講會是一種可以進一步的暗示，但她並不想給別人這樣的暗示。

青橙思考了一下，索性直接打了電話過去。

電話接通後，她聽到那邊的聲音亂哄哄的，十分嘈雜。

趙南抱歉道：「不好意思，在跟朋友聚會。找我什麼事，妳說。」

青橙索性坐到了邊上的木椅上，說：「我剛收到你的簡訊了。」

「那妳的答案是？」

「趙老師……我很冒昧地問一句，你是不是想追我？」

趙南那頭有一會兒的停頓。「如果是呢？」

在紛亂的背景音中，這句話十分清晰地進入了青橙的耳朵。這時候，她反而鬆了口氣。

她語帶歉意地說：「對不起，我目前沒有談戀愛的打算，我很抱歉。」

趙南那邊這回沉默得有些久，久到要不是還有些雜訊傳來，青橙都要以為是不是信號斷了。

「好，我明白了。」他沒有再多說，掛了電話。

而青橙也沒有再去多想，說清楚就好了。

她收起手機，收拾好東西就往外走，漫天的彩霞照著青灰色高聳的院牆。她沿著牆角朝園子側面的小停車場走，剛走到那裡就看到蘇珀的車還沒開走。她記得他是跟童安之他們一起走的，那會兒她還在打電話，看到童安之低著頭滿臉笑意地看著手機，他就走在她邊上。

她想了想，還是朝他走了過去。蘇珀適時地搖下車窗。

「蘇老闆，你怎麼還沒走？」

「剛見妳車子邊上緊挨著一輛車，我想妳的車技不太好，就想說不定能幫妳一把。」

「……哦，那現在沒事了。」她車子兩旁都空著。

蘇珀「嗯」了聲，卻依舊還不打算走的樣子。

「那蘇老闆你慢走，提早祝你國慶日愉快。」青橙笑著擺了下手，就要朝自己的車走去。

「許青橙。」

「嗯？」她回頭。

「節日愉快。」蘇珀揚脣笑了下，笑意明顯，他長得本來就俊，彼時的他劍眉也化了柔，眼中更是波光一動，彷彿桃花潭的春水。

青橙眨了眨眼睛，腦子裡糊糊的，不知道該怎麼應對，最後只能不知所謂地點了點頭。

「那再見。開慢點，路上注意安全。」蘇珀說完，才發動了車子開走。
「……好。」
我們的小許導又想起她的初戀了。

第十章

那我抱妳吧

國慶期間，梁女士因為腸胃不適，第一天假期蘇珀就陪著她在醫院裡度過了。第二天他上午去了團裡，下午倒是接到了童安之的電話，邀請他晚上一起吃飯。

「單獨約我？」

童安之笑道：「你想得美，當然還有其他跟我玩得來的同事，以及，一位神祕嘉賓！哦，我還要叫下青橙。」

於是，蘇珀應了下來：「好的，地點？」

「御龍軒大酒店，七點。」

這是本地最豪華的一家酒店，普通一頓飯沒吃個幾千塊根本下不來。

蘇珀便問：「妳中樂透了？」

童安之半含半露地笑。「到時候你就知道了。」

夜幕下的御龍軒霓虹閃爍，高大的門廳讓人頗能生出幾分朱門酒肉臭的感覺。蘇珀的車剛到門口，便有待客泊車的門童出來招呼。他見周圍沒有那輛車牌尾號是780的紅色小轎車，便下車換了牌子在門口稍稍等了一會兒。

沒過幾分鐘，等的那輛車就來了，這次有門童幫忙，她很順利地停好了車，然後從副駕駛座上抱出了一束黃色海芋。

她今天穿了件馬海毛的薄外衫，整個人在酒店門口的射燈之下，絨絨的彷彿多了一圈光暈。

蘇珀把目光轉到那束花上。「妳要跟人表白？」

青橙也看到了站在臺階上的蘇珀，心不由自主地多跳了一下，她現在心裡挺矛盾的，每次看到他都有點愁——她不討厭他，但也不喜歡面對他，挺奇妙的。

青橙笑道：「蘇老闆，不是所有的花都是用來表白的。好比黃色海芋，它是代表友情的，也可以用來祝福友人。」

蘇珀等她走上臺階，兩人一起往裡走。

「無緣無故送花祝福？」蘇珀低頭看著她。

青橙道：「不是無緣無故。因為安之名花有主了，所以我送花祝福她。」

這下蘇珀也不免意外了。「妳怎麼知道的？她跟妳說的？」

「沒有，我猜的。」

蘇珀搖頭，不太信，他見她目不斜視地走著，便又問：「妳那麼篤定？」

青橙點了下頭。

「要不要打賭？」

這有什麼好賭的呢？

蘇珀卻提議：「妳贏了，我替妳做一件事，舉手之勞的小事就行。反之，一樣。」

青橙不明白他為什麼要在這麼一件小事上「較勁」，又覺得自己穩贏，所以並不擔心，便隨口回了句：「好。」

蘇珀也不擔心，他不在意輸贏。

童安之訂的是豪華包廂，兩人一路進去，遠遠就看到她迎了過來。

青橙一臉了然的笑意，送出了手裡那一大束花。童安之驚喜地接過，感嘆：「好漂亮！」

「恭喜妳啊，找到了自己的良緣。」

童安之愣了下，隨即驚訝道：「妳怎麼知道的？」

這也是蘇珀想知道的。

青橙索性掏出手機，翻出童安之上午發的一條朋友圈。文字是：

越好的東西，越是可遇而不可求，卻常常在最沒能料到的時刻出現。現在，我遇到了。（改編自席慕蓉的詩）

配圖是一張唯美的電影截圖：男子的一雙手正在為一隻嫩白纖細的腳穿上紫色水晶鞋。

童安之嘖嘖贊了一聲：「小許導，妳怎麼那麼聰明！」

青橙瞇著眼睛笑道：「那必須的。」

蘇珀搖頭，這都能看出來？女人真是神奇。

童安之把他們引進包廂，裡頭一角正站著一個西裝筆挺的男人。他剛與服務生確認完所有的菜色，抬頭請大家分別落座。沈珈玏已經在座了。

童安之滿臉笑意地咳了兩聲，說：「好了，給大家介紹一下，這是我的男、朋、友——陸植。因為他總想去探我的班，所以我就想先正式介紹給你們，然後再讓他名正言順地去。」
青橙遲疑地開口：「陸先生是御龍軒的老闆？」
陸植眼中閃過一絲疑問。
青橙有點不大好意思地解釋：「好吃的餐廳，我都會順嘴打聽一下老闆的名號。」
童安之忍不住笑了起來：「沒錯沒錯，忘了妳是廚藝界的王語嫣了。那今天吃完了，妳可得給他提提意見。」
王語嫣？蘇珀暗暗想了一下這名字背後的涵義，隱約明白過來她之前帶來的便當並不是自己做的——那很有可能就是她家裡人做的，他不禁笑著搖了下頭。
接著，童安之順勢開始向陸植介紹自己的朋友。
指著青橙：「這是我們未來的大導演，許青橙。」
陸植微笑點頭。
指著沈珈玏：「這是我們這一屆大家的師兄，沈珈玏。」
陸植依然微笑點頭。
指著蘇珀：「我的老搭檔，臺上的——老情人，蘇珀。」
陸植：「……」
蘇珀：「……」
「情敵是吧，以後安之就交給我了。」陸植有模有樣地伸出手。
蘇珀回握，說：「那以後我也可以安心找我的情人了。」
童安之哈哈大笑。

很快，一群吵吵鬧鬧的師弟師妹也來了。

服務生開始上菜，大家邊吃邊聊。所有人都很好奇，童安之跟陸植到底是什麼時候在一起的。

童安之很快給他們解了惑：「是不是都在想姊姊我什麼時候找到的金龜婿呢？蘇哥，還記得我找你替我買猴魁嗎？那天是我們在一起的第一週，因為他喜歡喝茶，我聽到你入了好茶，就想……噗，其實從我們見面到說交往，也才二十來天。但可能所謂的命定就是這樣，我第一眼看到他的時候，就知道，是他了。」

大家紛紛感慨愛情來的時候就像龍捲風，笑鬧著送上祝福。

林一獨自在位子上嘆了一句：「好羨慕有戀愛可以談的人。」

童安之挽了一個蘭花指，往他腦門的方向虛指一記。「你才多大，好姻緣在後頭呢。」

林一就勢站起來轉了一圈，一抬腳，雙手合十，道：「師姊，妳也不看看我這行當，好不容易當回主角，還是個和尚。唉，苦啊。」

童安之被逗得直樂，邊上的沈珈玏出其不意地回了句：「不是給你配了小尼姑了？」

眾人大笑。

青橙看著一臉幸福的童安之，打從心底裡為她高興之外，不由得也想到了自己。她跟她的情竇初開從認識到「分開」也是二十來天。童安之的二十來天成了一家，她的二十來天就只得了一句「弄錯了」。她有點悵然若失。

青橙端起杯子抿了口茶，眼光掃到邊上的「情竇初開」，發現他正慢騰騰地轉著茶杯，垂著眼瞼也不知在想什麼。不小心多看了兩眼，大約是被他察覺了，他側頭看她，淺笑著問：「妳看什麼？」

「沒什麼……」

青橙和蘇珀的小動作全部落到了陸植的眼裡，他不著痕跡地揚了揚嘴角，端起手裡的杯子朝著蘇珀一舉。

蘇珀抬手應了一杯。「人生搭檔難尋，恭喜陸老闆了。」

陸植看了看他，又看一眼青橙，意味深長地說了句：「同喜。」

飯後，沈珈玏因為家就在附近，散步來的便還是散步回家。師弟師妹們還想去別的地方玩，則結伴坐計程車走人。剩下蘇珀和青橙，童安之微醺，帶著點幽幽的唱腔戲謔道：「青橙，何時交男友，我們可以四人組團出來喝喝小酒兒？」

青橙也打趣著回應：「妳不是說我是未來的大導演嗎，那我還急什麼呢？等我名利雙收的時候，要什麼樣的美男沒有？想潛誰就潛誰。」

童安之聞言大笑不止，簡直要直不起腰。陸植不著痕跡地摟住她，跟蘇珀和青橙道別。

才跟童安之和陸植分開，蘇珀就意味深長地看了青橙一眼。「想潛誰就潛誰？志向遠大。」

「我說著玩兒的……」

蘇珀似乎也只是隨口一說，之後就換了話題：「打賭我輸了，妳想讓我做什麼？」

青橙想起吃飯之前跟他隨口打的賭。「沒事，我不用你做什麼。」

「輸了就是輸了，妳說吧。」

哪有人硬要認輸的。

這時候，有人在旁邊驚訝地叫了一聲：「你是蘇珀嗎？真的是啊！」那女孩喜出望外地衝上來，一把抓住了蘇珀的手臂。「我是你的戲粉，關注了你的微博，能跟我拍一張照嗎？你的《西樓記》我去看了，你之前的那部戲我也看了，我以前是姜老闆的粉絲，後來就迷上了你哈哈。」

姜紳是他們崑劇團中生代演員中最有觀眾緣的一位。

蘇珀客氣地道了謝，又禮貌道：「妳拍吧，但麻煩快一點，我跟我朋友還有事。」

「哦哦，好的好的。」女孩挨著蘇珀連拍了好幾張，才依依不捨地說：「我拍好了，我能再抱一下你嗎？」

邊上女孩的家長說：「他是誰呀？丫頭，好了好了，快上車。回家了。」

蘇珀也不太喜歡跟陌生人有太親密的舉動，所以他也拒絕了：「不好意思，謝謝妳的喜歡。」

女孩只能氣餒地點頭，上了車。同時蘇珀也沒再多停留，示意圍觀的青橙往車子那邊走，他的手放在她腰後，堪堪碰到她的衣服。

兩人到車邊後，青橙感慨了一句：「你的戲粉好熱情。」

蘇珀放下碰觸到她衣服的手。「賭注一時想不出要什麼，妳可以回去慢慢想。」

青橙都快忘記這茬了，她想四兩撥千斤地撥過去，便說：「要不也讓我抱你一下得了，不過蘇老闆要是不樂意就算了。」
蘇珀眼中微動，說：「行啊。」
「……」
他等了下見她沒動作，就能屈能伸地說：「那我抱妳吧。」
然後，蘇珀伸手輕輕抱住了她。青橙只覺得腦子裡嗡的一聲輕響，鼻息間有種清淡的好聞的香味。
等蘇珀放開她，她說：「好了？」
「好了。」
「哦。」
這是蘇珀再次見到許青橙以來，第一次看到她臉上起紅暈……又想假裝淡定。
真是可愛。他想。
青橙想的卻是：不懂了，你不是不喜歡我的嗎？

我念你如初
I miss you all the same

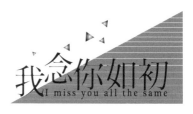

第十一章

我不能白白地出賣色相

《玉簪記》的正式演出暫定在了十一月，那時候的素秋涼意剛好能跟戲的意境吻合。而且對演員來講，氣溫也恰好合適，不會太熱，也不會太冷。

經過前段時間緊鑼密鼓的排練，許導決定先拿一折《琴挑》出來做一次正式的彩排。一切調度都與正式演出一樣，試試演出效果如何。

青橙跟了這一陣，已經漸漸對崑曲產生了些興趣。再加上畢竟也有自己的勞動付出，所以她是很期待的。

彩排的前一天，青橙的室友施英英突然聯繫了她：「木木，在幹麼呢？我臨時回來一趟，找妳看帥哥去。」

青橙道：「妳不是不愛看小字輩嗎？」

施英英「哎呀」了一聲：「我不是說過了嗎，我對他『一見傾心』。我後來還特地去網上找出了他以前的那些演出看，現在對他可欣賞了，他真的很有我顧老闆二十年前的風采！」

「行吧……好了，我這會兒忙死了，先不聊了英英，不過明天晚上我們剛好要彩排，七點，妳要不過來？」

「真的啊，太好了。」

「我回頭發地址給妳。」

彩排那天，青橙跟施英英同學在園子不遠處的地鐵站口順利會師。一見到人，青橙就問：「妳吃飯了嗎？離開場還早，我先帶妳去吃東西吧？」

「我減肥，晚上不吃。妳呢？」

青橙是跟著演員們一起吃的——三點多就吃了，因為演員們表演之前不能飽腹，所以吃得比較早。

「吃過了。那我直接帶妳去吧。」

施英英突然嚴肅地看著青橙，說：「親愛的，妳昨晚跟我說，這次演出所在的園林是妳家的。那會兒把我嚇得不輕，想著見面一定要跟妳再確認一遍：妳真的是傳說中的富家千金嗎？三年多啊，妳也隱藏得太深了吧？」

「什麼千金，我最多一百斤。之前我不是刻意要隱藏，只是你們沒發現，我也就沒說。」

施英英興奮極了。「我只是實在太驚訝了好嗎？想想以前，我這水稻承包戶地主家的傻姑娘還老在妳面前炫富。妳可真是夠……含蓄的。」

青橙誠摯無比地握住了施英英同志的雙手說：「水稻承包戶，那可是衣食父母啊，炫耀是應該的。」

兩人笑鬧了幾句，總算是到了園子外面。

門口的警衛認識青橙，自然沒有攔她們。但青橙沒有直接帶施英英去如今改成後臺用的屋子，因為眼下那裡正是最忙碌的時候。

「等下戲後，我再帶妳去見蘇老師他們，現在，我先帶妳去熟悉下環境，到時候，妳就跟我們工作人員站一起。」

兩人走在通往後園的小徑上，四周隱在暗處的音響正播放著古意盎然的曲子。

「這是……古箏？」施英英對中國傳統的樂器可謂一竅不通。
「是古琴。」青橙糾正。
「有什麼區別？」施英英又問。
「長得不一樣，聲音也不一樣。」青橙言簡意賅道。當然，對於施英英來講，說了等於沒說。
不過施英英完全不糾結，接著問：「那妳知道這首曲子是啥不？」
「《良宵引》。」
「厲害了。果然是咱班琴棋書畫都行的代表。」施英英心悅誠服。
一曲終了，又來一首新曲。施英英衝她一挑眉，意思很明顯——又要考她。
青橙一聽就聽出來了：「《秋宵步月》。」
「我服了，我服了。」施英英笑著說。
「橙橙。」許導迎面快步走來。
「哦，二叔。」青橙跟二叔介紹：「這就是我之前跟妳說到過的同學，她叫施英英。」
「妳好。」許導說著還很老派地伸出了手。
施英英趕緊回握了下：「叔叔您好！」
「開場前也沒事了，青橙妳帶同學好好玩。我先去補兩口飯。」
青橙忙道：「好，您去吃吧。」
施英英目送許導消失在轉角，頹喪地喃喃：「房子是妳家的，導演是妳叔叔……我不平衡了，我只能嫁給我四十一枝花的顧老闆才能心理平衡了。」

青橙好笑道：「妳那顧老闆不是娃都能打醬油了嗎？」

「也對，不能破壞別人家庭。」施英英忽然想到什麼，合手一拍說：「蘇老闆呢？還沒名花有主吧？那我努力讓蘇老闆娶我，哈哈。」

青橙覺得人各有志。「……那妳加油吧。」

暮色四合，華燈初上，整座園子都籠罩在清麗明朗的月色之中。

入夜後，整座院子竟然真有了一絲絲秋的感覺。風過處，葉葉摩挲，瑟瑟聲起，這也是許導一定要選在秋季開演實景園林版的原因，就為了應和潘必正那句：落葉驚殘夢。

青橙跟施英英坐在園中被圈成觀眾席的一方區域。

戲，終於開場了——

「閒居靜侶偶相招，小飲初酣琴欲調。」

有了琴，潘必正與陳妙常的情就顯得格外風雅。

陳：君方盛年，何故彈此無妻之曲？

潘：小生實未有妻。

陳：也不干我事。

潘：敢求仙姑，面交一曲如何？

劇情就在這一來一往的琴曲中緩緩推進。天上雲淡星稀，園中人景雙清。

劇中人轉場，觀眾們的眼睛也跟著從亭子換到小橋，從小橋換到廊下。

園林版因為時間的限制，砍掉了很多原劇的情節，但勝在意境。園林夜色加上合理的燈光調度，使觀眾彷彿就在園中窺視了一場古代青年男女的愛戀。這與看舞臺的版本是截然不同的兩種感受。

一折戲時間不長，戲落幕，掌聲響起！有工作人員的，也有柏州崑劇團過來觀看效果的長官的，陸植當天也在。

施英英一邊鼓掌一邊扭頭看青橙，語氣激動：「一直沒能有機會身臨其境地看一齣實景版，今天總算是得償所願了，戲太美了……」

青橙雖然已經看過很多遍《玉簪記》的排練，但每次看完，都會生出一些新的感慨來，戲裡的那份情思綿長，柳眷花羞，很讓人動容。

「是啊，很美。」

青橙見臺上下來的男主角似乎往她這邊望了一眼，不過轉眼就轉開頭去跟童安之說話了。

他應該不是特意看她吧，只是剛好往這邊望過來罷了？

戲結束後，許導跟劇團的領導們湊一起說話，演員們則去後臺卸妝。

青橙幫著工作人員收拾了一番場地後，施英英就迫不及待地催她了：「木木，帶我去見蘇老闆吧。我去要簽名，還要合影！」

青橙覺得蘇珀平時待人總是一副若即若離的樣子，自己根本把不準他的脾氣，也就不好打包票。「我可以帶妳去，不過，蘇珀願不願意我就不能保證了。」

施英英連連點頭，先見了再說。

兩人一路轉廊過橋，終於到了後臺休息室。

當施英英終於近距離見到蘇珀時，眼睛就像被萬能膠黏住了似的，可以說，影片中的蘇珀與現實中一比，還是遜色了的。

「你好……我是你……」以能說會道出名的施姑娘一時間竟沒了平時的伶牙俐齒。

青橙原本不打算多說，這時候實在忍不住，幫忙開了口：「蘇老師，她是我同學，叫施英英……很喜歡你。」剛喜歡你，不過已經想讓你娶她了，所以說「很喜歡」也沒毛病。

蘇珀已經卸了頭套，也脫了外衫，穿著內襯的白衫，依舊不乏玉樹臨風，他依然是一副溫吞水的樣子，朝施英英招呼了一聲：「妳好。」

「你好你好！」施英英看了一眼青橙，示意她繼續幫忙說。

青橙恨鐵不成鋼地瞪了她一眼，只能繼續幫忙說道：「蘇老闆，我同學想求一個您的簽名，如果可以的話，想再跟您合個影。」有求於人，她的態度十分恭敬。

她說著，那頭施英英已經很乖覺地掏出了包裡的本子和筆。

蘇珀見青橙一直微垂著眼睛，也不看他，他幾不可聞地笑了下，接過本子和筆簽上了名字，還笑著跟施英英說：「謝謝喜歡。」

施英英當下熱血上頭，無比誠摯地說：「我會一直粉你的！」

青橙突然想到以前施同學對新劇、新人都言必稱妖豔賤貨的樣子，不禁失笑。

「妳笑什麼？」蘇珀問她。

青橙忍了笑，挺認真道：「替你高興。」

換完衣服的童安之從隔壁房間過來，莞爾道：「聽到你們說的話了，青橙帶朋友來了？」

施英英馬上問好：「童老闆，妳好！妳今天的演出太棒、太美了。」

童安之說：「聽得出來，不是假話。謝謝了。」

蘇珀站起身，對施英英說：「等我去換身衣服卸了妝再跟妳拍，可以嗎？」

「當然當然，您先忙，我等您。」

蘇珀剛走到裡間門口，又轉頭看向青橙說：「許小姐，我能跟妳單獨聊兩句嗎？」

青橙有種不好的預感，心存忐忑地走到他身邊，還刻意保持了非常安全的距離。

蘇珀見她離自己恨不得有十萬八千里，於是上前了一步，才低聲道了一句：「我不能白白地出賣色相。」

「什麼？」

「……蘇老闆您真幽默。」

蘇老闆低笑了下，說：「我是認真的。」

認真的？難不成還得給錢不成？不明就裡的青橙差點就要去摸手機轉帳了。

「仔細想想，我好像也不缺什麼。」蘇珀又說。

青橙放下了掏手機的手。

蘇珀道：「那先欠著吧，等我想到再找妳說。」

青橙心想：欠著的風險可太大了，但一時之間，也不知道該怎麼應對。

她張口欲言了兩次，最終無奈道：「行吧。」自己為了好友差不多算是兩肋插刀了。

施英英同學一邊抓住童安之幫她簽名，一邊用眼角餘光看著青橙跟蘇珀站在一起的畫面，覺得有種說不出來的感覺。雖然不知道他們在說什麼，但莫名覺得很和諧。

木木竟然已經跟蘇老闆關係這麼好了？

童安之簽完，把本子遞還給她。她接過簽名本的同時，小聲問了句：「童老闆，青橙跟蘇老闆關係很好嗎？他們嘀嘀咕咕聊什麼呢，不能說出來大家一起聽嗎？」

童安之聳了下肩。「情趣吧。」

「……」施英英見童安之是帶著戲謔說的，也就沒有大驚小怪地多問，只當他們劇組氣氛好了，不由得羨慕更甚。

蘇珀這天快到家的時候看到社區外面那家小清新的花店還開著，不自覺地停了車，下車去了花店。

等進到店裡，一時也不知道自己要買什麼。他這輩子除了少年時送過梁女士康乃馨之外，就沒買過別的花了。

但既然進來了，總不好空手出去。他看來看去，還是角落裡那些海芋最為順眼，就跟老闆指了下說：「給我拿十枝。」

蘇珀到家，梁女士也剛從拉丁舞蹈班回來，看到兒子抱著一束花回來，澡都不急著洗了，新奇又期待地問：「女生送的？」

「不是。」

「難道是送我的？」梁女士依舊很欣喜。

「不是。」蘇珀快要不忍心了。

最後還是直接說：「我覺得好看所以買了。」

梁女士看著兒子，跟看怪物似的。最後擺擺手，說：「你喜歡就好。哎，真是越大越難懂了。」說著捧著衣服去了浴室。

蘇珀完全不受影響地去找了個玻璃罐子，把花隨手一插，總覺得哪裡差點兒。

他尋思著，改天應該去買個好看的花瓶，才配得上這麼好看的花。

第十二章

妳就當還債吧

《玉簪記‧琴挑》一折的彩排很成功，許導很高興，他一早過來就讓青橙把彩排時拍的一些短片剪成一個預告的小片子。

青橙學的是導演，自然學過剪輯，而她自己平時也愛剪片玩，對作品又有點吹毛求疵，所以一忙就忙了一上午，還挪用了中午吃飯的時間，最後總算滿意了，把成品拿給二叔審核時，突然有人跑來說：「許導，蘇珀好像受傷了。」

許導站起來拔腿就往演員休息區走，青橙也擰起眉頭趕緊跟上。

「老傷了，不要緊，休息下就好。」相對於大家的緊張，蘇珀自己反倒是挺從容的，好像受傷的人並不是他。

青橙看他一手托著腰，一手搭在化妝檯邊，時而蹙眉，時而雙肩微顫，還要安撫來看望的眾人。

等大家陸續散去，許導喊過青橙，問：「妳開車了吧？」

青橙點點頭。

「那這樣，下午我讓沈珈玏來替下場子，妳幫我送蘇珀先回去休息吧。接下來任務艱巨，身體可不能垮。」

蘇珀本來不想回去，想休息下看看情況，但話還沒出口，卻讓許導搶了先機。聽完許導的安排，他決定服從導演的安排。

青橙扶著蘇珀一路到了園子門口，忍不住抬頭看了他一眼。

不是說不要緊嗎，怎麼大半個人的重量都壓在她身上？

「喂，你……」

「嗯？」

「你真的沒事？」

「暫時……死不了。」

青橙閉嘴，決定還是發揮人道主義精神，直接把自己當司機，把他送回去就好。於是，她停了停，深吸了一口氣，抓著他的手臂繼續往外走。

蘇珀本是好整以暇地看著她，卻見她額頭竟然一點點沁出了汗珠。去停車場的路上，青橙只覺得壓力小了好多。等到了車邊，她再看他時，他突然對她笑了笑，笑得她莫名其妙。

「你幹麼笑？」

「謝謝妳。」蘇珀挺真摯地說著，同時動了動被青橙抓著的那隻手臂。「不過妳抓太緊了，我手有點麻。」這也是實話。

突然被感謝的青橙本來想禮貌地回一聲「不客氣」，卻被他後半句生生堵住了嘴。他笑了笑，伸出那隻「麻了」的手，抓住了她的手，又在她做出反應前迅速放開。「確實麻，抓東西都抓不實了。」

青橙只覺得手上一溫，這種溫度順著手一直往上，連耳後都開始熱了起來。一時間，她很想放棄這個任務。

「走吧。」還是蘇珀先開了口。

之後一路，青橙都心懷忐忑。不過，蘇珀卻只是安靜地坐著刷手機，彷彿剛才他真的只是無心之舉。

半個多小時後，青橙把車開到了蘇珀家樓下。
送他走進門廳之後，青橙幫忙按下了電梯。
「你自己上去，可以嗎？」她試探性地問了一句。既然有電梯，那她應該就可以功成身退了吧，她尋思著。
蘇珀看了她一眼，半天沒說話，鬧得青橙走也不是留也不是。蘇珀的腰是老毛病，發作的時候是一陣陣的，而眼下比之前在車上時更瘦痛了些，但除了上臺不能發揮好，做其他倒也沒太大問題。
「不可以。」蘇珀勾了下嘴角。「妳就當還債吧。」
「什麼？」
蘇珀點撥：「妳同學。」
「……」
「很不情願還債嗎？」
青橙平時是個滿機靈的人，就是面對蘇珀有心理包袱罷了。她在心裡回了一句：你見過誰被逼債還歡天喜地的呢？
這時候，電梯下來了，青橙見他確實不是很舒服的樣子，眉頭時不時皺一下，想想這位可是全劇組的寶貝，確實不能有閃失，就說道：「那走吧。」她又小心謹慎地扶住了他的手臂，但這次只輕輕托著。「你家幾樓？」
蘇珀笑了笑。「九樓。」

蘇珀家是指紋鎖，倒是免除了摸鑰匙開門的麻煩。進門後，青橙發現，他家沒有做玄關的擋門，所以整個客廳一覽無遺。因為東面是整片的落地窗，再加上客廳裡沒有多餘雜亂的陳設，整體看上去窗明几淨。

青橙扶蘇珀靠到了沙發上，發現客廳還連著餐廳，而餐桌上，插著一瓶盛放的黃海芋。

青橙想到不久前他還跟自己聊過這花，一時間有些恍惚。

突如其來的一陣門鈴聲讓青橙嚇了一跳，她下意識地看向蘇珀。蘇珀靠坐在沙發上，攤了攤手，表示自己不太方便。於是，青橙只好硬著頭皮去開門。心裡想著，可千萬別是他家家長，要不然又要費一番口舌解釋了。

她猶豫著開了門，沒想到門外站著的竟然是一個穿著外賣制服的小哥。他笑容可掬地把手裡的紙袋子遞給了青橙。「您的外賣，請慢用。」

「謝謝。」青橙機械地回覆，直到關上了門，還是沒怎麼反應過來。

「你點了外賣？」她指著手裡的袋子問蘇珀。

「我吃過了，給妳的。」

「給我？」青橙莫名其妙。

「剛才路上，我聽到妳肚子叫了。」蘇珀慢悠悠地說著。

青橙頓時窘了，她確實沒有吃中飯，剛才一直高度警惕地跟他獨處，反倒忘了餓。現在經他這麼一提醒，餓感頓時就升騰了起來。「我……」

「不用謝，妳吃吧，我休息下。」蘇珀說完就閉起了眼睛。

青橙這會兒確實餓狠了，手裡的牛肉湯還是她中意的一家店的——她想開口說帶走去車裡吃，又覺得太刻意，最終道了聲謝後，很規矩地去了餐桌那邊坐著吃。

沙發離餐桌挺近。下午的陽光收斂了很多，柔柔地鋪在客廳的地板上，金黃的顏色瀰漫進餐廳，應和著桌上的黃海芋。一人在休息，一人在吃飯，靜謐得彷彿有種歲月靜好的感覺。

青橙吃著吃著，突然想起——曾幾何時，他也請她吃過飯，可是吃完飯，他就跟她「分手」了。

蘇珀的視線終於移到了她身上，他見她低著頭吃得很認真。

她的睫毛長得像兩把小扇子，偶爾扇動一下，他挺想伸手去碰一下，或者，再碰一下她在陽光下有些發紅的耳朵……

「許青橙。」

「嗯？」青橙抬頭。

她剛才跟入了定、傻了似的，不由得汗顏。

「什麼？」她又問。

「妳可以慢慢吃，不著急。」蘇珀道。

可一份粉絲湯能吃多久呢，很快青橙就飽了——剩了三分之一。

她放下筷子，剛收拾好碗，就聽到蘇珀說：「幫我貼一下膏藥好嗎？」

青橙雖然覺得這種「幫忙」有些過於親暱，可吃了人家的嘴短，一時也不好拒絕……

蘇珀伸手指了指沙發茶几的抽屜。「左邊的抽屜裡有膏藥。」

青橙最終還是按著他的指示順利地拿到了膏藥，然後猶豫著坐到了他邊上。

「我從沒幫人貼過。」她也不知道自己在緊張什麼。

他倒是很不客氣。「萬事總有第一次。」

蘇珀坐直了些身子，解開了襯衫下面的兩粒扣子，然後翻上去。

青橙聽著這話，總覺得有些彆扭，只好不再跟他掰扯，就問了聲：「貼哪兒？」

「這兒。」他用手指指了下腰窩的地方，然後就側過身子等著她貼。

青橙見他的背很精瘦，皮膚很好，像瓷又像玉，彷彿有一種透著微光的質感。

她抿了下嘴後，收回眼神，開始撕膏藥的紙。誰知道那層護膜紙像故意要和她作對似的，半天都沒能撕開。

「你這東西品質是不是不好？扯不開。」她撕得有點煩躁。

「不急，妳慢慢撕。」蘇珀似乎還輕笑了聲。

「……」

青橙好不容易撕開一半，突然忘了具體的位置。為免貼錯，她只好伸出手指，輕輕地戳了戳她記憶中的地方。「是這兒嗎？」

「……對。」

青橙深吸一口氣，終於屏氣凝神地將膏藥貼了上去。

她剛要鬆開手，蘇珀卻反手過來壓在了她的手背上，但很快他就收回去了。

「幫忙按實一些，否則容易掉。」

事情既然做了，總不能做一半。於是她又只好控制著力道，用手掌慢慢地給他按了按，確保膏藥貼實了才撤。

「謝謝。」蘇珀平靜地表達了感謝，然後放下了衣服。

等青橙走後，蘇珀望著那束在陽光裡安安靜靜綻放著的海芋，心裡想著：不知是破鏡重圓勝算大，還是重新再來勝算大。

青橙之後回了園子，這後半天，她一直有些沒法集中精神，臨下班的時候，青橙收到了一條施英英發給她的連結，以及一聲怪叫：「妳跟蘇老闆竟然牽上手了？」

不明所以的青橙點開連結，自己也蒙了。

先入眼的是一張她在停車場被蘇珀抓著手的照片，蘇珀的臉全被拍到了，她倒是還好，只拍到了一點側臉。再去細看內容，才發現是崑曲論壇的帖子。

發帖的人說：「偶遇我喜歡的崑曲演員蘇珀蘇老闆，結果驚喜變成了驚嚇，等寶寶反應過來的時候，人家已經雙雙上車走人了。」

由於蘇珀算是新生代裡的翹楚，加上他因《西樓記》又攢了不少人氣，所以評論者還不少——

有人說都牽手了必然是女朋友，有人分析沒有牽到，只是拍攝角度問題。

有人對她的長相品頭論足，好壞參半。

因為家族裡有導演、有編劇，所以青橙對於娛樂圈的模式還是挺懂的，故而看到不好的評論，她也沒有生氣。

緊接著，她看到了一條讓她心中一緊的評論：「看了半天，好像真是我的學姊，我參與過她的作品。如果真是她的話……這位學姊很厲害的，她的大名在獎學金列表裡經常可以看到，她有兩部短片作品還被老師當成範例。哦，據說她會多種樂器，有一種還是瀕臨失傳的。還有，聽說她還會表演魔術……哦，有人說她長得不好看的，不說這才拍到了三分，就這三分也夠看了吧。」

青橙看完這位學弟or學妹的發言後，心想：魔術是什麼鬼？她什麼時候會魔術了，怎麼她自己都不知道？想到自己在學校後輩眼中風評還挺好，不禁有點小開心。

後面的評論她也沒興趣看了。

倒是沒忘記回覆施英英同學：「我跟蘇珀清清白白、乾乾淨淨。」

施英英：「哦……」

結果，施英英在青橙剛到家的時候又發來一張截圖——因為有人把這個帖子轉發到了微博，然後蘇珀也給轉發了。

他說：「這是一名非常優秀的女孩子，請大家不要胡亂議論他人，謝謝。」

施英英問青橙：「清清白白，嗯？」

青橙：「他這句話裡，哪個字說得不清不白了？」

施英英：「跟他以前發的微博風格不同——我前兩天把他微博刷完了，他之前那些不是宣傳戲，就是跟同事互動。」

青橙：「我也跟他合作過，也算同事了。再說，這件事也關係到他的名聲，他澄清一下不是很正常？」

施英英簡直是偵探附身。「澄清不是應該說，她不是我女朋友嗎？」

「……」

晚一點的時候，青橙收到了蘇珀的簡訊：「網上的留言，妳別在意，但依然要跟妳說一聲抱歉。」

青橙：「我沒在意，你不用抱歉。」

第十三章

男朋友挺貼心啊

雖然說了不在意，但青橙當晚卻在床上翻來覆去沒法入眠，她細細地回想了一遍她跟蘇珀重遇以來發生的事情。他對她很友善，偶爾的行為甚至都「友善」得有些突兀了——好比給她披衣服，國慶前一天的傍晚在停車場等她，擁抱她……

他應該是不記得她了，但他現在可能有點喜歡她？

看來他是真的不記得他以前甩過她了。

青橙想到最後有些哭笑不得。

看時間竟然已經凌晨兩點多，她趕緊停止胡思亂想，明天還要早起。

睡著前她迷迷糊糊地想著：你當初幹麼要甩我呢？我那時候那麼可愛聽話。

青橙這天到園子時，比平時晚一點，跟許導前後腳進來。

許導一看到她就說：「橙橙，來，到我辦公室一趟。」

青橙於是提著早餐進了許導的臨時辦公室。

許導邊泡茶邊說：「全國五大崑劇團要再次聯合做一齣新版崑曲《紅樓夢》。這次是為了推新人，也為了宣傳崑曲文化，所以所有演員都將通過網路影片公開選角的方式來定。」

「《紅樓夢》？這可是大戲了。」青橙雖然不瞭解，但是聽到「紅樓夢」三個字，就覺得不會是小打小鬧。而且是幾大劇團一起做，聽起來就是豪華版的。

「嗯，其實之前也做過一版。這次是重新磨的本子，再來一次海選演員。主委會邀請我去做評審。」

青橙聽二叔一直語帶煩惱，就問：「您擔心什麼？」

「本來，我是不想去的，畢竟我只是半路出家，還沒有當評審委員的底氣，也就是人家給面子。但我看了本子，發現這次的改編側重在了『戲中戲』上。妳知道的，《紅樓夢》裡面有好幾回都提到了崑曲。這次的本子是把這些戲和主線劇情很巧妙地糅合到了一起，非常有意思。我很感興趣，所以就腆顏答應了當評審的事。」

許導坐在官帽椅上，喝了口茶，才又說道：「關鍵問題不在於我去不去做評審委員，因為我只要抽出選角那幾天過去就行，但蘇珀和童安之他們去參加選角的話，勢必要花點工夫做準備，那《玉簪記》的進度肯定會受影響。但這次本子好，上面長官又重視，我實在不想他們錯過這麼好的機會。所以，我打算把《玉簪記》的公演時間挪到十一月中下旬，甚至可能要到十二月，總之得在『紅樓初賽』選完之後再上演了。」

「那時候，秋色還是在的，這樣安排問題不大吧。」算是兩全其美了。

許導點了下頭，看著姪女說：「我跟妳說這件事，主要是這麼一來，得再多借用妳家園子一段時間了。妳爸那邊，先前我跟他報備了下，這園子我頂多用到十一月中，結果要延期了。」

青橙見自家二叔面子上抹不開的樣子，笑著安慰道：「也不差那麼幾天。您也是為了年輕一輩的演員著想嘛。」

許導心裡舒服了不少，說：「妳這孩子，真是會說話。」許導頓了頓，又語帶調侃地說：「橙橙，占用妳的嫁妝那麼長時間，二叔還是很慚愧的，等妳結婚的那天，二叔一定給妳包一個大紅包。」

結婚？猴年馬月的事了。

蘇珀貼了特製膏藥在家休息了半天一夜後，覺得狀態大致還可以，次日上午就去了園子。在後院通往化妝間的小路上，他突然聽到了耳熟的聲音。

那聲音來自假山背面——

「那確實是我，但我們不是男女朋友……牽手是無意間的行為……我們同學三年多近四年，妳還不信我？」

「妳現在不是在外地嗎……我能說不嗎，突然跑過去跟他說，讓我拍一張你的近距離高清正臉照不是很失禮？不是，妳那邊不是也有明星……哦，他啊，不是，也滿帥的……好了，別說了，我偷拍他吧……」

「妳要偷拍誰？」

蘇珀的聲音突然在耳旁出現，青橙著實嚇了一跳。

她匆匆掛了電話。「你，身體沒事了？」

「差不多了。」蘇珀說著，饒有深意地看了一眼她的手機。

青橙真心覺得丟臉，哪有人想偷拍還被當事人聽到，也不知道他聽到了多少，聽出了什麼沒有。

卻見一隻手伸到了她眼前，手心裡放著一對活靈活現的崑曲小玩偶，一生一旦，看裝扮就是《玉簪記》裡的潘生和陳姑，製作得十分精細可愛，唯妙唯肖，用流行的話來說就是「好萌好萌」。

她又聽到蘇珀說：「昨天的事我還是覺得過意不去，所以找來一對小玩意兒送妳，作為補償。」

青橙想拒絕，但心裡又確實很喜愛，一時遲疑不決。蘇珀卻不催促她，只是站在她面前靜靜地等。

沒過一會兒，有一滴水啪答落到了青橙臉上，下雨了。

蘇珀忽然笑了笑，道：「老天在催妳收下。」

他們站的地方離廊簷有段距離，沒幾秒鐘的時間，雨就下大了。蘇珀一伸手，把青橙護在懷裡，帶著她跑向了最近的遊廊。

進到遊廊裡，蘇珀就鬆了手，他順勢把那對玩偶塞到了她手裡，對著她一笑，轉身就走了。

青橙見人走遠了，她深呼吸了兩次，才平穩心態，可鼻息間似乎還有他剛才摟住她時的氣息，她低頭看那對小玩偶，最終把它們收進了衣服口袋裡。

雨勢沒多久就轉小了，不過倒是斜風細雨地一直下著。臨近傍晚時，青橙受命替許二叔趕去柏州崑劇團交了幾份材料。剛從主管辦公室出來，就在轉角處與趙南擦肩。

青橙看到是趙南，有些尷尬。自從上次她表明了態度之後，他沒有再聯絡過她。不過，基於禮貌，她還是朝他點了點頭。

「青橙。」他似乎也有些不自然，但還是叫了她一聲。

青橙不知道該跟他聊什麼，該說的她都說了。

看她似乎想要離開，趙南又開了口：「妳知道『紅樓選角』的事嗎？」

「知道。」

「如果，我也參加選角，妳覺得怎麼樣？」

「什麼？」青橙有些愣。趙南是花臉演員，海選要比的是寶、黛、釵這三個角色，沒有一個跟他的行當能搭邊的。

「如果我報名小生組……」

青橙著實意外：「崑曲改行當挺難的吧？」她聽二叔提過。

「是難。但不試試，怎麼知道呢？」趙南像是在回答她，又像是在自語。

青橙想想也對，「嗯」了一聲，說：「那祝你成功。」說完，她又往前走去。

趙南站在原地，沉默了幾秒鐘，又開口：「如果我失敗了，妳會笑話我嗎？」

她再次停下腳步，回過頭去：「怎麼會呢？」誰的努力都不該被取笑。

「那就好。」趙南這次沒有再留她，帶著點真心的笑意說了聲「再見」。

青橙一直走到崑劇院門口，還在想：為什麼趙南要跟自己說這些？

回去的時候，因為下雨視線不好，青橙一直開得很慢。結果快到園子所在的路口時，前面的車突然一個緊急煞車，連累青橙追撞了。那種迅疾的衝力，使她一頭就磕在了方向盤上。事發突然，她只覺得一陣頭暈眼花。恰在此時，她聽到手機響了，青橙有些無力地按了方向盤上的電話接聽鍵。

「喂？」

對方喂了三、四聲，青橙才聽清是蘇珀的聲音。

「對不起，我，我撞車了。」直到此刻，她還是有些蒙。

「在哪裡？」

「園子外面的三岔路口……」

她說完，他就掛了電話。

前車的司機過來問了她幾句，問她有沒有事，青橙回了句沒事，那人便去打電話叫交警了，她想起自己也要叫保險公司的人來，便也去找電話。

外頭還下著雨，她打完電話後，索性就一動不動地坐在車裡等，同時也讓自己慢慢冷靜下來。

很快就有人敲了敲她的車玻璃，青橙轉頭看去，發現竟然是蘇珀，她忙開了車門。

蘇珀帶著一身潮氣彎腰探身進來，劈頭就問：「怎麼樣？哪裡受傷了？」

青橙看著近在眼前的人，他的表情看起來很著急……此刻她還有些頭暈，且餘悸猶在。她難得地在他面前露出了點柔弱情緒，小聲道：「我額頭痛。」

蘇珀只覺得心口猶如被細針刺了下。「我讓林一過來等交警，妳現在跟我去醫院。」

「不用，我沒事，就是額頭有點被撞痛了而已。」

「真的沒事？」

「真的，我車速很慢，撞得不嚴重，剛才我只是嚇蒙了。」

蘇珀皺著眉，伸出手碰了下她額頭泛紅的地方，青橙下意識地往後縮了縮，但額頭殘存的那絲暖意就像活了一般，一路往下，鑽到了心上。然後彷彿在心尖兒上化作了一隻粉蝶，微微地扇動了一下翅膀。
最近這種情緒時不時就冒上來，青橙現在都不確定，它是蟄伏已久、死灰復燃，還是全新萌芽。她揉了揉太陽穴，等到沉靜下來，才抬眼去看他。
只見他身子依舊在雨中，雖然是濛濛細雨，但他的襯衫已經濡溼。
「你要不要到車上來？交警可能還要一會兒。其實我自己等就行……你回去忙吧。」
「我的部分都排好了。」
蘇珀說完，繞到車子另一邊，坐上了副駕駛座。
小車的密閉空間內，兩人的呼吸聲也清晰可聞。青橙隨手打開了音樂，否則太安靜了。
之前她下了很多的崑曲名段在裡頭，讓自己好好做功課。然而此刻，飄然而出的竟然是蘇珀的一支《山桃紅》：「則為你，如花美眷，似水流年……」
蘇珀聽到自己的曲子，嘴角微微動了下，轉頭看向她。
青橙想解釋，又覺得說多了反而欲蓋彌彰，最後只是略略一笑，說：「好巧。」
蘇珀明白她的意思，於眾多曲子之中，隨機放到了自己的，確實很巧。
一曲終了，又來一曲，這回是前代名家張文瑤的《懶畫眉》。
「挺用心的。」
青橙輕「嗯」了聲，「嗯」完覺得自己這心態不對，感覺像是因得了「老師」的誇獎而高興。
兩人之後都不再說話，車廂裡只有清悠的唱曲，青橙看著窗外，又有些出神。

《懶畫眉》臨近尾聲時，交警的警車就來了。青橙正要下車，蘇珀攔住了她，讓她繼續待在車裡，他去幫忙處理。

青橙不好意思，最後還是拿了傘下車，她撐開傘站到他邊上。他人高，她也就把傘舉得高高的，高過他的頭頂。

天更暗了，有些涼。

她瑟縮了一下，蘇珀見狀，接過傘說：「我來吧，妳回車裡暖和些。」

交警大叔看了他們倆一眼，說：「男朋友挺貼心啊，那美女就去車裡等著吧。」

「不是男朋友。」

「聽員警大哥的話。」

兩人同時開口。

青橙看了眼挑眉的交警大叔，權衡了一下，還是去了車裡。

這時候，天更黑了。兩邊的路燈提前亮了起來。燈光穿過雨幕，投射下來，照得人臉上半明半昧。

青橙看著雨中獨自撐著傘的蘇珀。

看著看著，她不禁又有些浮想聯翩起來：他好像真的有些喜歡自己？不然為什麼要這麼幫她？

可萬一，他只是樂於助人呢？

就跟他以前一樣，看到她淋雨，會給她撐傘。

青橙覺得頭又痛起來了。

等一切處理完畢，青橙索性將車就近停好，跟著蘇珀一同回園子，因為只有一把傘，兩人不得不並肩走著。

蘇珀嘆了一聲，說：「別再往邊上走了。再走，兩人都得淋溼。」

「……哦。」

她可真是……不太喜歡靠近他，蘇珀想。

等回到園子後，獲知情況的許導盯著自家姪女額頭上的烏青看了許久，勒令她明天在家休息一天。

青橙想說不用，然而許二叔一瞪眼又說：「長官的話要聽。」

一向尊師重道的許姑娘只好應了。

蘇珀跟她回來之後，就去收拾東西了，她想了下，還是在走前給他發了條簡訊：「謝謝你今天的幫忙。」

對方回過來：「舉手之勞。」

蘇珀放下手機，另一隻手拿著一片枯葉，是回來園子的路上，從她頭髮上拿下來的，葉子沾了雨水，溼漉漉的，他卻一直捏在手心，到現在都還沒扔。

第十四章

原來你在玩暗戀

兩天後，青橙從二叔那看到了這次崑曲版《紅樓夢》初賽的參賽名單和劇碼。

資料上的第一頁就是寶玉組。

她直覺地尋找柏州崑劇團，然後看到了團名下的三個名字：蘇珀、沈珈玏、趙南。

趙南……她突然想起那天下午跟他的短暫談話，看來，他真的報名了。

於是，青橙又仔細地往下看了看他們的參賽劇碼。

蘇珀選了自己這段時間認真細磨過的《玉簪記・偷詩》，沈珈玏則挑戰性地選擇了《西樓記・玩箋》，可能是之前參演《西樓記》的時候，一起受過指導老師的培訓。

而趙南，她發現他參賽的曲目竟然是《長生殿・哭像》。

「二叔，《長生殿》裡的唐明皇不是小生吧？」青橙疑惑地問。

「妳是說趙南吧，我也注意到他了。」許二叔慢條斯理地說：「唐明皇這個角色，在崑曲的行當裡，屬於大官生。而大官生是包含在小生這個大的類別裡的。趙南的應工是花臉，想要轉演小生從技術上講難度很大，但也不是不行。而且基於他的這種特殊情況，他個人的關注度也相對會高。趙南選《哭像》裡的唐明皇作為首演，可以說是非常聰明的選擇。」

青橙聽得一知半解：「怎麼說？」

「因為從技巧上而言，崑曲小生都採用真假嗓音結合來演唱，但是大官生的真聲以及真假聲過渡部分所占的比例要高於小生的其他家門，而且共鳴性很強，體現了一種寬厚沉重的氣質，對於趙南這樣原本對嗓子條件要求就很高的花臉演員來講，有著出其不意的優勢。如果初賽亮相成功，對於他的人氣提升是有非常大的幫助的。像蘇珀和海市的嚴岩，他們倆原本就是小生中備受關注的人，那麼初賽亮相時反倒不會像趙南那樣帶給評審和戲迷那麼大的驚喜。」

「哦，我明白了。」青橙在備忘錄裡記了幾筆。

許導又說：「這次，嚴岩也費了一番心思啊。他選的是《評雪辨蹤》，演呂蒙正。這是個窮生。行內有個說法，學小生的人，最後才去學窮生。免得先學溜了，就把瀟灑儒雅的俊俏小生演出了窮酸相。所以嚴岩在自己的小生扮相有口皆碑的情況下，初賽選擇窮生來演繹，對比出自己的功力，也算是別出心裁了。」

許導說到最後，也不忘點一句蘇珀：「蘇珀倒是選得中規中矩。」

「不好嗎？」青橙的視線又落回到蘇珀的名字上。

許導笑道：「任何時候，能夠專心磨戲，凡事中正平和，不被外界干擾的人，都不會吃虧的。」

「也是……」

青橙從二叔辦公室出來後，就看到蘇珀正站在小池塘邊餵那為數不多的幾條金魚。他背對著她，可能是因為剛下戲，沒換衣服，背後還有些汗溼。她要去前院，就一定會驚動對方，這讓她有些猶豫。

「吃飯了！」有人在前院喊。

青橙見蘇珀還是站著不動，只好走過去，貌似隨意地問了句：「蘇老闆，不去吃飯嗎？」

蘇珀轉過頭來，朝她笑了下。「休息一下再去。」

青橙快走了幾步，繞過他。「那我過去了。」

「好。」

青橙走到門洞口時，還是回頭看了一眼。走到前院時，她叫住了從她邊上經過的小趙，讓他幫忙搬個凳子去小池塘邊。

小趙不明所以。「為什麼？」

青橙說：「蘇老師在餵金魚，你讓他坐著餵吧。演員老師們排戲排得都很辛苦了。」

小趙覺得她真是細心，趕緊說：「明白了。」

「等等，你別說是我讓你搬的——我怕又有人傳八卦。」

小趙笑道：「懂。」

青橙交代完，就把這事兒拋到了腦後，去找童安之了。

之後的幾天，時間過得很快，因為大家都忙得分身乏術，《玉簪記》越到後面，越需要精雕細琢，而蘇珀跟童安之還要準備《紅樓夢》的選拔。

許導也不輕鬆，因為是半路出家做的崑曲，算是邊學邊導，他又一貫精益求精，加上《紅樓夢》的事他也要參與，常常忙得腳不沾地。青橙作為跟班，幫著分擔了不少，無須許導親自過去的，就由她去旁聽，所以也連著幾天東奔西跑。

偶爾青橙在園子的時候，蘇珀通常都在臺上，而當他下戲休息時，她又常常去忙別的了，兩人幾乎沒怎麼說過話。

最後的一週，蘇珀和童安之暫時回了團裡，為初賽曲目加緊練習。

青橙得空休息了一天，因為天氣好，就陪著許老太太在家裡蒔花弄草。

秋天的院子裡，樹枯草凋，還好許老太太早上訂了幾盆花，一放上後，整個院子立馬就熱鬧了起來。加上牆頭依舊翠綠的修竹、地上卵石鋪成的小徑，還有小徑兩邊的石燈，人待在其中，就覺得十分適宜。

「橙橙啊，好久沒聽妳拉琴了，奶奶的耳朵有些癢了。」許奶奶剛整理完一盆蘭花，覺得有些累，就在邊上的石凳上先坐了下來。

「好，我這就給您來一段。」青橙放下手裡的花剪，就跑進了屋裡。

再出來時，她的懷裡抱了一個類似胡琴的東西。只不過它比普通的胡琴大，共鳴箱是由椰殼和桐木做成的，琴杆很長，有將近一公尺，琴下還帶一條「細腿」。

青橙坐下來，雙腿夾住這琴的「細腿」，就拉了起來。悠揚的聲音繞著院子的花木，一直傳到院外……

許老太太聽得入神，等到最後一個尾音散去，她悠悠地嘆了一聲：「老姊姊去世後，妳也不勤練，我都很少聽到啦。」

「紅樓初賽」那天，一早就出了大太陽。秋日的朝陽，沒有了夏日的燥熱，照在身上暖洋洋的，讓人覺得很舒適。青橙跟著二叔吃了午餐就去了直播中心。許導一來就去跟其他評審委員碰頭交流了，青橙便在休息區等他。之後陸續有演員進來，很快她就看到了蘇珀，還有童安之、沈珈玏和趙南。

「許後臺，來來，讓我先抱下大腿。」童安之微笑著湊到青橙跟前說：「求被潛規則。」

青橙舉了舉兩隻手，只見她一手一個許導的包包，一手一個藏青色保溫杯，說：「妳看我這樣的跟班小廝，能有什麼權力？」

童安之被她「左手一隻雞，右手一隻鴨」的樣子愣是逗笑了。

青橙說：「你們去準備吧，我會幫你們加油的！」

趙南聞言，笑了笑，說了聲「多謝」。童安之和沈珈玏也分別表達了感謝。只有蘇珀低著頭，不知道在想些什麼。

這時候，有工作人員進來，說：「各位老師，化妝間已經準備就緒，大家請跟我來！」

演員們於是紛紛跟著工作人員去往後臺。

蘇珀落在最後，走到青橙身邊時，他不動聲色地靠過去，輕輕地說了聲：「謝謝，我會加油的。」

兩人已經很多天沒有這樣近距離接觸過，青橙發現，他的臉似乎比之前清減了一點。

直播平臺將這次的角色選拔做成了特別節目——因為此次崑曲版《紅樓夢》的專案得到了相關部門的高度重視，所以直播平臺為其安排了最顯眼的推廣欄位，加上之前紙媒和網路媒體不遺餘力地宣傳，已經有不少好奇的「吃瓜群眾」等著看了。根據公布的資訊，這次崑曲「紅樓選角」一共分三大場比賽：初賽、複賽及決賽。

初賽的結果基本沒有懸念，種子選手們都晉級了。

如果一定要選一個初賽最大的贏家，那就是趙南。

一個鮮少有崑迷知道的花臉青年演員，不僅得到了評審全票晉級，同時在網上也火了。他五官立體冷峻，有著自己獨特的氣質。在年輕人，尤其是外貌協會的年輕人看來，趙南是繼蘇珀、嚴岩之後，崑曲界出來的又一股媲美影視界小鮮肉的清流。

除了趙南的新聞備受關注之外，蘇珀和嚴岩的對比再一次被提了出來——因為兩人經常被拿出來做比較，導致粉絲經常吵架。一些這圈子裡的大V也樂得火上澆油，把兩人關係寫得劍拔弩張。

但總體來說，節目的收視率和各界反響比預期要好不少。因為演員顏值高，還吸引了不少原本對崑曲不感興趣的年輕人也加入了觀眾的行列。這也是長官們支援這次劇團合作和網路直播的初衷——向廣大年輕人推廣國家的傳統文化。

蘇珀從樓裡走出來時，看到樓外燈火通明，各路人馬紮堆在寒暄。他環視四周，在斜角處的一株大樹下，看到了趙南和青橙兩人，眉頭不由得就皺了起來。

此時，站在他身邊的人正是網上被說成跟他「同行相輕」的嚴岩，他順著蘇珀的視線望去，只見趙南在跟一個女生說話，那女孩子近乎背對著他，看不清面容，只覺得身材窈窕。「咦，大半年不見，趙南這小子就交上女朋友了？」

「不是。」

「什麼？」

「不是他女朋友。」他抬步朝那邊走過去，不過，那兩人很快就一左一右分開了。

嚴岩跑了兩步趕上來，奇怪地看了他一眼：「不是就不是，你幹麼說得那麼嚴肅？還走那麼快，真是。」

蘇珀向著青橙的背影看了一眼。「不是你說餓死了嗎？走吧。」說完便轉身朝自己的車子走去。

「行，走走走，吃串燒擼串去，想死咱們柏州的大排檔了。」

所以，正當網友們腦補這對崑曲小生界的雙璧為爭角色而吵架的時候，正主們正相攜去擼串呢。

而青橙這邊，之前趙南一出來就叫住了她，當時她正刷著網上對此次初賽的評論。

「我表現得還行吧？」

她抬頭見是趙南，想到剛才網上對他的一致好評，便點頭說：「嗯，很好。今天辛苦了。」

「謝謝肯定，下一場我爭取更好。」趙南說得不疾不徐，但能聽得出來，他挺有信心。

「……那我就拭目以待了。」青橙禮貌地揚了揚嘴角。這時二叔的電話打來了，估計是在尋她，她跟趙南說了句「那我走了」就告了別。

青橙隱約覺得，趙南對她的態度比一開始的時候，似乎多了點誠懇。至少，笑得不像演戲了。

蘇珀開著車拐出了園區。外面是一條文藝氣氛濃厚的大道，路兩邊的樹上掛滿了霓虹燈。

嚴岩關了微博說：「有人說我是因為你才離開柏州，憤而去海市的，哈哈哈，叔叔，既然你害得我那麼慘，我在海市這段時間的消費，你都包了吧？」

因為蘇珀的姓，網上有粉絲會叫他「蘇蘇」，嚴岩看到後，說：「什麼蘇蘇，我看叔叔還差不多。」後來他偶爾會開玩笑地叫蘇珀一聲叔叔。

蘇珀說：「你這聲叔叔，倒讓我想起今天童安之扮演的潘金蓮來。」

「你少占我便宜。」嚴岩又說：「你說咱哥倆在網上也不是沒互動過，怎麼還有人不遺餘力地黑我們的關係，這感覺真有點荒誕。」

蘇珀倒是一點不覺得奇怪。「這才是戲如人生，人生如戲，不是嗎？」

「有道理。」

車子開了一段路後，在一處紅綠燈處停下，蘇珀看著外面的行人形色匆匆，好像都有急事，要趕去哪裡，他問了一句：「老嚴，你追過人嗎？」

嚴岩一愣，說：「沒有，都是人家追我的。」

蘇珀說：「命好。」

嚴岩覺得好笑。「難道你不是？」

他沉默了一會兒才回道：「不是。」

這話前後一琢磨，嚴岩感覺挖到了什麼大新聞：「誰啊？來來來，說來聽聽。」

此時，紅燈轉綠，蘇珀鬆開了煞車踩動油門，車子緩緩前行，他淡聲道出了一個名字：「木木。」

嚴岩一愣：「什麼木木？」

「幾年前……」蘇珀想了下，又覺得不知從何說起。

「幾年前？」

「八年多前。」

嚴岩臉上的表情瞬間變成了難以置信。「我說你怎麼與戀愛絕緣呢，原來你在玩暗戀啊？八年都沒成？」

蘇珀皺了下眉頭：「沒。」他有點後悔跟人提及這個話題，便打開了車上的廣播，不再多說。

可嚴岩卻顯然被挑起了興致。「沒有？不是暗戀？那就是求而不得？兄弟，天涯何處無芳草，何必單戀一枝花。」

蘇珀對那些猜測不置可否，只是回了嚴岩的最後那句話：「人各有志吧。」

過了一會兒，嚴岩又說：「不是，八年前不就是在戲校那會兒嗎？我怎麼不記得你那會兒有狀態不對的時候？」

蘇珀隨便扔了句：「我演技好。」

第十五章

春夢了無痕

這是一條很長的路，路兩邊的樹鋪展成了一大片濃得化不開的綠蔭。她走在他的旁邊，安安靜靜的，一件淺綠色的大學T穿在身上，與周遭的濃綠相映，淺深濃淡交錯，讓他挪不開眼。

他俯下身去，嘴脣輕輕落在她的嘴脣上。蜻蜓點水，觸碰之後就離開。很甜，他想。他又用手托住她的頭，重新吻了上去，這次不再如前一次那樣淺嘗輒止。

蘇珀這天醒來的時候，比往常更早些，透過窗簾的縫隙，他猜應該五點都還沒到，外頭一絲光線都沒有。

他出了一身薄汗，回想起夢裡的那些畫面，他用手背蓋住了眼睛。自己真的是太不對勁了，他想。吻就吻了，後來還要去……綁她的手，咬她的耳朵，咬她的脖子，就想留印子。她說疼了，他就越想那麼幹，簡直跟瘋子似的。

崑曲《紅樓夢》初賽過後，所有參加的演員或多或少都漲了一波粉絲，其中最明顯的當屬趙南。大家都說原來還有這麼一個深藏不露的年輕演員，表演大氣沉穩，又不失深情，有人甚至感覺初看他的表演比蘇珀和嚴岩更驚豔。

嚴岩的粉絲表示：「你們懂不懂戲？雖然趙南確實挺不錯的，但是我們嚴老闆根正苗紅，不是一時的偶變投隙可以掩蓋其光芒的。」

蘇珀的粉絲則很淡定，表示：「我們蘇哥哥什麼水準我們自己知道。」

嚴岩的粉絲回：「蘇珀粉絲，你們哪裡來的自信？」

蘇珀粉絲回：「蘇哥給的，別的不說，你們看最近《玉簪記》官博發的那個彩排影片了嗎？蘇哥人美、戲美，簡直無可挑剔！」

嚴岩粉絲中則有人爆料：「昨天我就在現場，看到嚴老闆跟蘇老闆是一起走的，兩人有說有笑，看起來關係滿好的，大家就別再吵了。」

蘇珀換好練功服出來時，遠遠地看到石凳上坐了一個人，耳朵裡塞著耳機，正在翻一本書。陽光照在她精緻白皙的脖子上，散落的長髮擋住了眉眼，如同幻境中的人——蘇珀又想到了昨晚的夢境，臉上的表情有些不自然。他抓緊手中的水杯，轉身去了邊上的茶水間。

茶水間內，童安之也在。她剛剛泡完茶，就看到了蘇珀。

「蘇哥。」童安之打了聲招呼。

可蘇珀就像完全沒聽到似的，逕直往前走。

「喂！」她伸手拍了他一下。

蘇珀回神，見是童安之，便回了一句：「早啊。」

「剛剛在想什麼呢？」

「沒什麼，有點睏而已。」

「不應該啊，你一向早睡早起，總不會……昨晚失眠了吧？」

突然被人說中了心事，蘇珀倒是不慌不忙，只是看了她一眼。

童安之盯著他，試圖從他的表情中發現什麼線索，不過還是失敗了。蘇珀這個人，似乎真的只在臺上才會有各種喜怒哀樂的表情，平時就是一副懶洋洋的樣子。她揣測了一番，覺得有可能是趙南參賽並一炮而紅的事對他有了些影響。

她猶豫著開口說：「之前，趙南曾經藉口為沈師兄那邊抱不平，挑撥沈師兄和你的關係，被我聽到過。好在沈師兄心正，還提醒他要把心思花在正道上……不過我沒想到，他真的有勇氣改行。而且第一次就演成這樣，背後應該是下了不少工夫的。」

蘇珀點點頭，客觀地說：「他確實演得不錯。」

「你還挺中正的，真的一點都不在意？」

「妳希望我在意？」他反問。

「好吧，不說他了。對了，前天長官要給你介紹的女孩子，是他家外甥女，還記得嗎？聽說人家今天要來園子裡探班。」

「妳又知道了？」

「哎呀，八卦是女人的天性嘛。」

蘇珀看了她一眼，沒有再說什麼。

午休的時候，童安之繞了半天，總算找到了在許導辦公室抱著電腦查資料的青橙，一臉神祕地跑過去把她拉起來。

「跟我看好戲去。」

「什麼好戲？」

「咱們團長官想把蘇哥介紹給他家外甥女，那女孩子今天過來了，現在就在咱們園子裡。蘇老闆真是越來越走俏了。」

青橙愣了下，問：「長官的外甥女？」

童安之點點頭，補充道：「是啊，聽說是個鋼琴老師。」

「哦。」

童安之見青橙一副興趣不大的樣子，繼續鼓動她：「剛才林一跟我說，他去前面偷看了一眼，那女孩挺漂亮的，氣質也好，跟蘇哥站在一起，還挺配。怎麼樣，好不好奇，跟我一起去瞧瞧？」

「這……偷窺人家相親似乎不太禮貌。」

「走啦，去看看蘇哥這次會找什麼藉口推掉。上次他說的是家裡人在給他介紹了，不過我覺得是藉口。」

青橙被她拽著走了幾步，遲疑著問：「妳怎麼知道他會推掉？也許這次看對眼了呢？」

童安之停下腳步，認真想了想這個問題，最後還是搖了搖頭。「我覺得不會，因為早上我跟他提起這件事的時候，他興致缺缺。走吧，我們還是去眼見為實！」

說完，拉著青橙就往前院走去。

「哎。」童安之拍了拍青橙。「我們……不找個地方意思意思，藏一下？」

青橙想了想。「算了吧，既來之則安之，藏起來感覺反而會弄巧成拙。」

「哈哈，也是。」童安之輕聲笑道，便跟青橙一起，站著遠望之。

對面那兩人很快就發現了他們，蘇珀朝她倆看了看，又跟邊上的人說了兩句，兩人便一起朝青橙和童安之走了過來。

青橙看見跟蘇珀並排走來的人，身材高挑纖細，面容端麗，一頭秀髮只用了一根橡皮筋簡單地紮起，長度幾乎及腰。青橙看著這一頭令人豔羨的黑髮，不由得想起前幾年的一句網紅詩：待我長髮及腰，少年娶我可好……放在這裡，還真是挺應景的。

童安之先發制人，說道：「看你們倆在那兒，我們都不好意思過去了。」

蘇珀並不介意，反而閃過了一絲微笑。

「介紹一下，這是陳團的外甥女吳黛，這是我的搭檔童安之小姐。」他向身邊的人介紹。

童安之剛伸出手，另一隻手上抓著的手機就響了，一看是男朋友的電話，她忙跟吳黛握了下手，帶著歉意道：「待會兒聊哈。」就去了邊上。

童安之一走，青橙跟蘇珀中間就沒了人。

青橙正要朝轉向她的吳黛打招呼，突然感覺到自己腰上多了一隻手，把她往旁邊微微帶了帶。

「她是許青橙。」蘇珀介紹完，手就適時地鬆開了。

青橙的心跳有剎那的紊亂，但她還是很穩地向吳黛點了點頭。「妳好。」

吳黛盈盈笑著，說話溫柔緩慢：「妳好。耳聞不如一見。」

耳聞？

青橙雖然有點疑惑，但此刻她更在意蘇珀在前一刻對她做的動作，像是摟她，又像是隨手一帶。

他究竟是因為喜歡她，所以對她舉止親密，還是「天生友好」？他以前對她就挺「友好」的，可最後還不是……

青橙的情緒突然有點低落，正好這時小趙來找她，說許導叫她過去，她便順勢離開了。走前不忘跟吳黛說：「抱歉，我去忙了，吳小姐妳請自便。」

「好。」

吳黛看著她離開，臉上的神情有些不可置信，她看向面前俊雅的男人，忍不住說了一句：「你還是，一廂情願的？」

「吳小姐觀察細緻。」

蘇珀下工時，接到了恩師陸平良的電話，叫他去家裡吃飯，順便下下棋。他猶豫了一下，看到青橙踏出園子，便回了老師的話：「好，就過來。」

蘇珀回到家已經挺晚了，梁女士還坐在客廳看電視，見他回來，就站了起來，看來是在等他。

「聽說你今天拒絕了陳團給你介紹的女孩子？」梁女士一臉嚴肅地問。

「妳在我身上安裝了竊聽器嗎？」蘇珀換了拖鞋，把車鑰匙放進玄關的瓷碗裡。

「別打岔。我剛才在超市買東西的時候，遇到了你們團裡的方老師，是她跟我說的。」梁女士瞪了兒子一眼。「你看你，市場又不是不好，怎麼就是不找對象定下來呢？」

「快了。」

梁女士不信：「你老這麼說。」

「這次是真的。」

「你老這麼說。」她不依不饒。

蘇珀：「……」

糊弄了梁女士太多次，終於嘗到了狼來了的惡果。

「我聽說你還跟人家女孩子說，你有心上人了？」

「媽，您早點睡吧。」

蘇珀進了房間，開燈關門，隨後脫了風衣外套扔在床上。

等《玉簪記》公演之後吧，他想，不管到時候有幾成把握，都要去試試看，不成功，那就再來，實在不行……實在不行，他本來也算不上是什麼溫良謙和的人。

蘇珀按了下額頭。

第十六章

暖陽和煦，恰似今日

《紅樓夢》初賽結束後，《玉簪記》劇組又馬不停蹄地接著排練。直到預定公演前三天，許導終於鬆了一口氣，整個戲大體上沒有問題了，於是他適時地給大家放了一天假調整狀態。

休息日的上午，童安之就給青橙打了電話，約她一起去崑劇院邊上的 Shopping Mall 逛逛。青橙想想自己沒別的事，也就爽快地同意了。

兩人逛了大半天，童安之收穫滿滿，青橙雖然沒選中什麼，但也逛得滿愉快的。兩人從後門出來，過了一條馬路，就到了柏州市體育館的舊館。

舊館有個戶外的籃球場，因為年代久遠，這個籃球場周圍圍著的鐵絲網已經鏽跡斑斑，但好在四面林木蔥蘢，旁邊還有單槓和沙地。這裡是很多柏州人青春時的記憶，而現在人們好像已經忘了它，很少有人再來這兒打球了。

「咦，那不是蘇哥他們嗎？」童安之指著球場內正在打球的三個人說。

青橙也看到了。童安之很欣喜，拉著她朝那邊走去：「咱們團的人偶爾會去那邊打球放鬆。那個穿白衣服的好像是嚴岩，就是『紅樓初賽』時演呂蒙正的那個。」

「記得。」青橙本來不想過去，但也不願意掃了童安之的興。

兩人穿過馬路，沿著鐵絲網繞進球場，沈珈玏先看到她們，揚聲打招呼：「小童來了？」

「嘿，你們繼續。」

童安之帶著青橙去球場邊的臺階上並排坐下。

此時場上，嚴岩正熟練地運著球，他剛閃過沈珈玏，卻被蘇珀從一邊突襲奪球成功。眼看著他三兩步後勾手投籃，籃球從他手裡出去，劃過一道美妙的弧線墜入籃圈的中心。

之後三人有來有往地又打了五分鐘左右，直到嚴岩喊了停：「不打了。我跟你說，叔叔你贏是因為主場優勢。」

蘇珀無所謂。「隨你怎麼說。」

嚴岩率先朝青橙她們走過來。

「這就好啦？」童安之站起來，一眼掃過三人。「嚴哥，我怎麼覺得，你越長越矮了呢？肯定是海市的伙食不對胃口，我看，你還是回柏州吧。」

「童美人，陳團給妳發獎金了嗎，妳這麼幫著團裡挖人？」嚴岩拿起自己的飲料瓶，擰開喝了一口，又說：「不過妳說到我的傷心處了，我以前可比叔叔高啊！」

「好漢不提當年勇。」蘇珀笑了下。

「咦，這位美女有些眼熟啊。」嚴岩一雙烏溜溜的眼睛看向青橙。

青橙只在「紅樓初賽」的舞臺上見過他，實在想不明白，他怎麼會看自己眼熟。

嚴岩想了一會兒，實在想不起來，索性放棄，伸出手說：「妳好，我是嚴岩。嚴肅的嚴，岩石的岩。」

青橙大大方方地回握：「嚴老師你好，我叫許青橙。青草的青，柳橙的橙。」

她看不出嚴岩與蘇珀在崑曲藝術造詣上的高下，不過現實中，兩人一個活力英氣，一個風雅周正，倒是各有千秋。

這時，那個被眾人遺忘的籃球不知怎麼突然滾了過來，撞到了嚴岩的腳邊。嚴岩鬆開青橙的手，迅速撿起球，嗖地朝蘇珀丟了過去。「幹麼撞我？」

「是球撞你，不是我。」蘇珀已經走到嚴岩邊上，他接到球後隨手扔到了鐵絲網邊。

「大概是你握美女的手握得太久，蘇哥看不下去了。」童安之衝嚴岩眨了眨眼睛。

嚴岩會意，轉身就朝掛著衣服的單槓走去。「那我得趕緊把衣服穿上，免得一會兒叔叔又說我耍流氓。」

沈珈玏是老實人，看著他們「脣槍舌劍」地來回過招，也插不上嘴，就只是微笑。

「不行，我要去QQ空間裡翻照片出來，證明當年我真的比老蘇高。兩位美女，等著。哈哈！」嚴岩邊穿衣服邊說，覺得必須挽回一些面子。

這時，青橙感覺到蘇珀的視線似乎落到了自己身上。她轉頭看他，只對視了一眼，就若無其事地挪開了。

嚴岩很有效率地掏出手機，唰唰唰地劃拉過一些團體照、個人照後，最後停留在了一張三人合照上。

如此因緣際會地，青橙看到了這張老照片——

三個少年人湊在一起，通過面目依稀能分辨出笑得最明顯的是沈珈玏，高高瘦瘦的是嚴岩，而另一個，白淨俊俏，就是個頭比其他兩個人矮一點，但出色的外形還是能讓人一眼就看到他，是蘇珀。

這張臉彷彿是一把鑰匙，瞬間打開了青橙努力塵封的少年記憶。她的心跳開始加速，一幕幕場景迅速地從眼前閃過……

「蘇哥的臉變化不太大啊。」童安之放大了照片，整個螢幕上只剩下蘇珀的臉。

青橙目不轉睛地看著螢幕，突然有了一種時空倒轉的錯亂感。

「橙橙，妳說是不是？」童安之問。

青橙怔怔地點點頭。「是不大。」

嚴岩被氣樂了。「別光看老蘇，比身高，身高！那會兒我確實比他高吧？」

童安之：「是是，你高你高……哎，不對，蘇哥那會兒頭髮剪得短，這也能差不少呢。」

「我記得那會兒，嚴岩確實是他們幾個同齡人裡最高的。」沈珈玏終於開口。

「沈哥，你真是我的救世主。」嚴岩激動地圈住沈珈玏的肩膀。

「不過畢業的時候，蘇珀就比你高了。」

「沈兄……」

他們談論這些的時候，蘇珀沒有開口說一句話，只是在一旁聽著。

青橙也沒說話，因為她的心思還停留在過去，那時候，他抓著她的手腕，穿過馬路。暖陽和煦，恰似今日……青春期的芳心暗許，有酸澀也有回甘。她不得不承認，除去結果不好，其他其實都挺好。

這時，她的手背突然覺察到了一絲暖意——是蘇珀「不小心」碰到了她的手。她茫然地抬起頭，恍惚間又看到了那張帶著點笑的臉。她衝著他嫣然一笑。

打了球的三人全身是汗，需要去團裡洗澡。嚴岩問兩位女生，願不願意等他們十分鐘，回頭一起去喝個茶。

童安之因為隨後要去見男朋友，便遺憾地說只能下次約了。青橙自然也不會去，她覺得自己今天的狀態真的很不佳——想入非非不說，還沒事朝人家笑。說好的前車之鑑，怎麼轉眼就忘了呢？

大約一刻鐘後，蘇珀和嚴岩沖完澡，換了身衣服出來。兩人都是三分頭，所以頭髮一吹就乾了。

兩人在走廊上等沈珈玏。

嚴岩的嘴閒不住，等的時候聊了幾句圈內的新鮮事後，又扯道：「我說叔叔，你的木木到底是何方神聖？你單身至今真是為了她？不追到她，你就鰥寡孤獨一輩子？」

蘇珀正站在窗邊看著外面的一株茶花，此時回頭看了他一眼。「我爸走得早，我充其量就是一個『孤』，『鰥寡獨』實在不敢當。在碰到合適的人之前保持單身，不是很正常嗎？」

「童美人不夠美？不夠順眼順心？」

「她有主了。」蘇珀道：「即使沒主，也沒可能。」不合適。

嚴岩嘖嘖兩聲：「蘇老闆真挑剔。那剛才那個許青橙怎麼樣？長得漂亮，也有才華。」

「你怎麼知道她有才？」

嚴岩張口就來：「眼睛。眼波流轉、顧盼生輝，沒才華的人不會有這樣的眼睛……」

蘇珀笑了下，沒附議也沒反駁。

「柳橙的橙。」嚴岩念叨著，忽然笑道：「安之叫她橙橙，橙乃木字旁，橙橙和木木，撮吧撮吧也差不多了不是嗎？」

蘇珀這次沒接話，就這麼看了他一眼。

嚴岩本來只是插科打諢講個笑話幽默一下，可是蘇珀這一眼，讓他感覺別有深意。別說，嚴老闆一多想，還真又咂摸出了點什麼。

「剛才那許姑娘朝你笑的時候，你低頭也笑是什麼意思？含羞帶怯？」

蘇珀雲淡風輕地回了句：「怯你個頭。」

嚴岩無動於衷地繼續：「她走的時候，你還幫她攔了車，說什麼『早點回家休息』，就跟關照家屬似的。你敢說你自己沒半點邪念？」

「邪念？」有。執念，更是有。

他也不知道那份執念什麼時候變了質，變成了邪念。

前方紅燈，計程車在路口停下。青橙扭頭看向窗外，十一月的時節，行道樹的葉子都成了金黃色，間或飄落幾片。路上的行人很少，只有一對年輕的情侶相偕前行。

車子再起動時，青橙看著窗外的人和景迅速地後退，宛如時光流轉，將她帶回到自己的那段「初戀」。

當年那段她原本以為自己幾近遺忘的記憶，自從見到他以後，時不時就會浮現，並且越來越清晰。她就彷彿是喝了電影《東邪西毒》裡的那壇「醉生夢死」，越想知道自己是不是忘記的時候，反而記得越清楚。

這還不是最嚴重的，最嚴重的是，這八、九年來，她都沒有再喜歡過別的人。埋頭讀書學習的時候，也不覺得什麼。

如今想想，也不知道是不是「曾經滄海難為水」了。

第十七章

那我也喜歡你

接下來的兩天，因為下了場連綿的細雨，寂寥的秋意逐漸濃郁起來了。好在後面雲歇雨收，雨過天晴。

許霖指導的園林版崑曲《玉簪記》就在這樣一個月明雲淡的秋夜正式開始了公演。為了結合自然之景，演出都安排在晚上，計畫演出五場。連演四場之後，網上已經出現了不少粉絲現場拍攝的影片和照片，以及劇粉字字珠璣的長評。即使是那些走過路過，對崑曲不甚瞭解的網友，無意間一瞥，也有不少被美到從而入坑的。

只不過因為是園林實景，票價高，場次少，所以很多人只能在網上搜影片過過眼癮。為了滿足廣大「昆蟲」的需求，許導發微博稱，已經聯繫了專業團隊，在最後一場演出結束後，會進行一次影視化拍攝，做成光碟出售。

這天，是《玉簪記》的最後一場了。

上午，蘇珀要去趟恩師陸平良家請教點問題。但陸老師家是老社區，不好停車，他今天趕時間，索性把車停到了附近的人民公園停車場，選擇多走幾步路。

人民公園是全市最有名的相親角，很多大叔大媽都朝九晚五地跟上班似的，在這裡蹲點給自家孩子物色對象。蘇珀之前沒想到，直到看到眼前那紛亂嘈雜的場景時才猛地想起來。他想趕緊繞路走開，可惜已經來不及了，一位大叔眼明手快地拽住了他的胳膊。

「小夥子，找對象嗎？」大叔手上舉著女兒的簡歷，衝著蘇珀樂呵呵地直笑。

蘇珀摘下墨鏡，扯了扯胳膊，沒扯動，於是只好扯了扯嘴角，看著大叔說：「本市有兩套房無貸款，離婚帶個小孩，您這邊有需求嗎？」

大叔一下震驚了，抖著嘴脣結結巴巴地說：「小夥子看起來滿年輕的，人生閱歷挺豐富嘛。」

蘇珀又努力扯了扯嘴角，更正說：「不是我，是我媽。」

這下，大叔的鼻子裡氣都沒出，直接繞過蘇珀，走了。

蘇珀笑著搖了下頭，繞道走出了人民公園。

月色溶溶之下，園林版《玉簪記》的最後一場演出圓滿收尾。

因為隔天還要拍攝，所以一切的燈光道具都不用撤，工作人員在安排完觀眾散場後，便準備下班走人。青橙被許導叫過去聊隔天拍攝的事情。這事決定得比較突然，又不算小事，因此許導跟青橙交代了半天。為了避免有所遺漏，青橙打開手機備忘錄一一記了下來。

等二叔交代完，青橙又想起今天的微博還沒發。因為這是最後一場，所以發的內容要更有餘味些。她想了好幾條，都覺得不妥。

這時候，前院還有不少人在，四處都是嘈雜的人聲，青橙靜不下心，索性朝著後院化妝間的方向走去。越往內走，越安靜。最後她走到涼亭裡，坐在裡面的長木凳上開始忙活。

一段文字寫寫刪刪，好不容易寫完，她發現時間已經不知不覺過去了許久。大多數演員，包括童安之在內的化妝間都已經暗了，唯獨蘇珀那間還透出一線亮光。

這一線亮光，彷彿是她心頭懸著的那絲不甘，吊著的那點不捨。這種情緒她曾經有過，但已經很久遠了。那時候，他對她說完「是我弄錯了，對不起」就消失了。之後她又找了他好幾回，可是一次都沒有再見過他。當她最後一次從古琴老師的家裡走出來，踏上公車，想到再也不會見到他的時候，心裡就是這樣的感覺。

她覺得自己今天的情緒特別不對，也不知道是不是因為眼下曲終人散的氣氛導致的。

青橙甩了甩頭，打算趕緊編完微博走人。再待下去，她怕自己不光是要「曾經滄海難為水」，估計連「問世間情為何物，直教人生死相許」都要出來了。

蘇珀從房間裡走出來時，看到站在亭中的人起身，側臉被手機的光映得十分柔和。他默默地盯著她看了一會兒，見她要走，輕聲叫了她的名字：「許青橙。」

青橙差點將手機掉地上，轉過身就看見蘇珀正朝這邊走來。她很平和地笑了笑。「蘇老闆，辛苦了。演出很成功。」

蘇珀站在亭子外。「謝謝。」

他的聲音很溫柔，讓青橙又忍不住多想了。

「二叔還在前面，我一會兒搭他的車回家。先走了。」青橙說完，也不等對方回覆就想走，但又覺得自己的行為太倉促，無端多了幾分落荒而逃的意味，她便又說了句：「那再見。」這才走出亭子往前走。

如果「滄海」真的喜歡自己，那她是要英勇跳海還是回頭是岸？當年的「滄海」差點淹死她，如今她真的還能重新鼓起勇氣嗎？

後院只留下幾盞昏暗的燈遙遙相望，草木幽幽。青橙悶著頭往前走，突然，她一腳踩空，一聲悶響後，她就如失重般往下墜去！

深秋的夜裡本來就涼，園子裡的池水就更是冷得刺骨。

當冰冷的水一下子襲來時，青橙心驚之餘居然沒有喊出來，只是小小地「啊」了一聲，然後就從水裡鑽了出來。這個池塘裡的水不深，但底下全是淤泥，她顫巍巍地站著，感覺兩隻腳上的鞋子已經完全陷在了裡面，一動也不能動了。

青橙無語問蒼天。

下一秒，有人用力地一把抓住了她纖細的手臂。「妳別動，我拉妳上來。」

青橙藉著圍廊那頭照過來的一點燈光看著池邊的人，深深覺得，還不如讓她淹死在池塘裡算了。

可惜池塘的水很淺，淹不死她。

蘇珀的一隻腳已經踏了進來，一手托住她的後背，一手從她膝蓋下伸過去。青橙避了下，就聽他沉聲道：「妳乖，不要動。否則越陷越深。」

隨後他兩隻手一用力，把她從池塘裡抱了出來，將她放在旁邊的大石頭上後，他迅速脫下自己的線衣外衫給她披上。

「髒……」青橙是個愛乾淨的人，她知道自己現在渾身都是泥水，很不想弄髒他的衣服。

她。

「水涼，會感冒的。」蘇珀的語氣不容置疑。

青橙看了看他身上剩下的短袖T恤，想反駁卻沒有說出口，因為他已經重新抱起了她。

「啊！」青橙驚叫了一聲。

「剛才落水怎麼不喊？」蘇珀皺著眉頭說她。

「……給我一點時間，我自己能出來。」

蘇珀嘆了一口氣，似乎是無奈。

青橙則在想，這都什麼事啊？太丟臉了！

蘇珀很快將人抱到了化妝室裡間的浴室門口放下。

「趕緊去沖個熱水澡，不要著涼了。」

青橙本來想把衣服還給他，可是看著已經髒了，於是就站在那裡猶豫著。

蘇珀便催了句：「去吧，我在外面等妳。」說完，他就出去了。

青橙打開浴室門，裡面的水蒸氣還沒散盡，空氣裡有股淡淡的洗髮精的味道。她看著鏡子裡模糊的自己，不禁用雙手捂住了臉，前一刻還想著是要英勇跳海還是回頭是岸，後一刻就落水了，偏偏還在他面前——作為導演，她都不知道該給自己這一幕定義為喜劇還是悲劇。

蘇珀站到外間，周遭越來越涼，可他一點都不冷，剛才滿懷的餘溫，讓他渾身的血液都在快速地流動。

他自己身上也沾著泥水，於是去別的房間接了一盆涼水回來，拿毛巾大致擦了擦，換上了備用的一套衣褲。

涼水把體溫降了下去，蘇珀覺得冷靜了不少，這才慢悠悠地坐了下來。

沒過多久，浴室裡的水聲停了。

青橙卻遲遲沒有出來。

蘇珀朝著裡間看了看，突然想到，她好像沒有可換的衣服，甚至連鞋子都沒有。

於是他起身去了隔壁的服裝間，拿了一身童安之的戲服，從裡到外，外加一雙繡花鞋。他把所有的東西都放到一張凳子上，再把凳子放到浴室門邊，朝著裡頭說了聲：「衣服和鞋子，我放在門口。」說完，又回了外間。

他聽到浴室門開的聲音，而且能想像到那門只開了一條縫，然後又被關上了。

時間在此時好像過得特別慢，滴答滴答，彷彿伸手就能讓它停下。

在這段彷彿凝固了的時間裡，蘇珀想了很多。他從小到大一直不打沒把握的仗。上臺前，他都會盡力把每一個吐字、每一個身段反覆練習、調整到最好。但感情根本做不到萬全，感情的來去，全無理智，無法計算，也無從控制。

他原本想等到明天的，約她出去，可眼下，他連一晚都不想再多等了。

沒一會兒，裡間的人終於推開門走了出來。

她把那一身藍白格的「水田衣」穿在了身上，因為她人比童安之略高，所以繡花鞋也露了出來，小巧秀氣。一頭半乾的長髮散下來，她就用原來的橡皮筋簡單地綁了。

青橙從來沒穿過戲服，有些彆扭。

蘇珀從來沒見過這樣的陳妙常，也有些愣怔。

兩人互相看了好一會兒，蘇珀才慢慢走了過去。

青橙見他在自己面前站定，然後輕輕地唱了一句：「雉朝雊兮清霜，慘孤飛兮無雙。念寡陰兮少陽，怨鰥居兮徬徨，徬徨。」

這段《雉朝飛》正是《琴挑》裡潘必正暗示自己無妻的唱詞，青橙這些日子下來早就已經很熟了。現在自己穿著陳妙常的衣服，蘇珀對著她唱了這首琴曲……

這麼近距離聽的時候，青橙的心開始越跳越厲害，等想到這裡，腦子裡已經一片空白，完全無法再動了。

「你，什麼意思？」

蘇珀抓住她的手，他的手心有些細汗，慢慢地說道：「許青橙小姐，我叫蘇珀，十四歲學戲，唱了十一年的戲。愛好不多，性格還好，會做點家常飯菜，請問，妳這邊有需求嗎？」

「……」

蘇珀在跟她表白。

他真的喜歡自己？

青橙想到自己那年的開心，那年的羞憤，又想到再見時的震驚，刻意的閃躲，還有……再次的喜歡，各種滋味一起湧上來，她握起拳頭，一氣砸去了他的胸口。

蘇珀悶哼了一聲，他想過很多種她的反應，卻沒料到會是這樣，可他卻很明白她為什麼這麼做。

青橙抬起頭，問：「你喜歡我？」

「喜歡。」

「男女之情的那種喜歡？」

「男女之情的喜歡。」

「沒有弄錯？」

「沒有。」

青橙垂頭想了好久，蘇珀的呼吸放得很輕。

「那我也喜歡你。」

蘇珀帶著青橙從後門繞道去了停車場。她的身上披著一件他的風衣外套，黑色的長外套一裹，把她那一身「水田衣」裹得嚴嚴實實。

夜晚的街巷很安靜，蘇珀一直牽著她的手，一會兒與她十指交纏，一會兒又換成將她的手指握在一起，輕輕地揉捏。青橙臊得慌，抽了抽手，沒抽回來，也就由他去了。

她心裡依然有種不真切感。可手上的溫度告訴她，他們確實在一起了。

青橙覺得自己真是太沒用了。

這短短的一段路，兩個人彷彿走了好久，又覺得特別快就到了。

這是青橙第二次坐蘇珀的車。
蘇珀開動車子後，便又拉起她的左手，放在脣邊親了一下，親完也沒鬆開，就這麼似親非親地靠著。
青橙覺得自己今天實在是耗費了太多心神，有些應付不過來了，腦子缺氧就犯乏，她喃喃地說了一句：「我好睏。」
蘇珀側頭看她，只見身旁的人酒渦淺淺，面若桃花，心中又是一陣悸動。
「我親妳，妳犯睏？」
「……你親我，我犯睏，這兩句是並列，不是因果。」
蘇珀笑著放開了她的手。「好，妳睡會兒，到了我叫妳。」
青橙以為這種情況下，哪怕再睏應該也睡不著，結果她只閉眼胡亂想了三、五分鐘，就睡過去了。
舊夢重圓，彌補缺憾，除了不期而至的歡喜，她還有那麼一點點憂慮，他要是記起她來，不知會是什麼反應。也不曉得這次能「在一起」多久？
直到聽到有人叫她的名字，她才醒過來。在看清面前的人是誰後，她有一瞬間不知今夕是何夕。她看向窗外，已經到了香竹巷。
「到了啊。」
在青橙解安全帶的時候，身邊的人忽然伸手過來壓住了她的手，「喀答」一聲，安全帶又牢牢鎖住了。

隨後，蘇珀就低頭吻住了她。雖然只是脣觸脣的點到即止，但那一剎那，青橙卻有了一種被巨浪沖到高處、無所依靠的眩暈感。她略略地伸了伸手，抓住了他的一點衣角。

蘇珀克制地退開，柔聲說了句：「晚安。」最後才幫她解開安全帶。

我念你如初

I miss you all the same

第十八章

我想親妳

次日，青橙因為前一晚的事情失眠了半宿，所以一上午全用來補眠了，好在今天是下午才上工。

結果等她按照習慣提早一點時間到園子時，最先看到的竟是蘇珀，還有一旁的小趙。

蘇珀正坐在一張官帽椅上，身子微微前傾，手肘靠在膝蓋上，雙手合十，垂著眼在看地上的一隻白胖貓。聽到腳步聲，他抬起頭，就看到了穿著米色毛衣走過來的許青橙，剎那間心口猶如被一片羽毛輕輕撫過，臉上也慢慢綻出一個笑來。

她真的太輕易就能影響他的心緒了，他想。

「來了。」

青橙還是有些不好意思面對蘇珀。「你怎麼也來這麼早？」演員定的是下午三點到，這才一點多。

「過了今天，這裡的戲就結束了。有些捨不得，就早點來坐坐。」蘇珀依然帶著那個笑，只不過話裡彷彿還有話。

青橙聽出了他話裡的意思，但並不回話，只是把手裡拎著的兩盒切好的水果遞給他，因為本來就是買來給大家吃的，所以她又對小趙說：「小趙，先來吃點水果吧？」

小趙正在跟人發訊息談事情，抬頭笑呵呵地應了聲好，又說：「謝謝許小姐了，妳總是這麼客氣。」

青橙微笑了下，便蹲下身去看貓。「這貓哪兒來的呀？」

蘇珀用牙籤叉了一塊奇異果，伸手餵到正在看貓的人嘴邊：「估計是從隔壁人家跑來的。」

青橙用手摸著貓，眼也沒抬。「你吃吧，我午餐時吃過水果了。」

蘇珀也沒堅持，把那塊奇異果吃了，隨後就把水果放在了旁邊的小桌上，低頭看許青橙逗貓玩。見她眼角邊有幾綹頭髮，便給她勾到了耳後，以免擋住她視線。

剛好看到這一幕的小趙：蘇老闆跟許小姐在談戀愛嗎！

沒多久，負責燈光、道具、服裝的工作人員都各司其職地忙開了。青橙聯繫了拍攝團隊，再次敲定時間後，也開始配合大家做起了準備工作。

她一旦忙起來，就特別一心一意，連蘇珀什麼時候離開的也不知道。蘇珀化妝前，還在一旁看她。後來兩人各自忙了起來，偶爾打個照面，也只是剎那間的眼神交流。但青橙能感覺到，蘇珀今天心情很好。

直到華燈初上，一切準備就緒，青橙才得以坐下來，靜靜等待著觀看最後一場在這個園子裡上演的《玉簪記》。這個園子之於她，原本只是一所好看的大房子而已，但因這麼一齣戲，彷彿有了靈魂。她想，以後看到這亭、這池、這廊、這花花草草，她應該會是另一番心境了……她的視線又不自覺地落在了那個方巾青衫的人身上，他正巧也望向她。青橙心裡微動，嘴角也隨之微微地翹起。

拍攝時間比演出時間長不少，等全部結束，已經是晚上十一點了。青橙幫著前面的工作人員一起拆卸、整理好東西，等她再去到後院時，演員們已經陸續下班了。她走到蘇珀的化妝間門口，發現門開著，裡頭卻沒有人。她正疑惑著，就聽到身後有輕微的腳步聲，一回頭，就看到蘇珀站在屋簷下，眼眸帶笑地看著她。

「忙完了？」

「嗯，差不多了。妳呢？」

「我也差不多了。」

兩人雖然各站一邊，離得不算近，但蘇珀眼波含情的樣子卻被路過的林一收進了眼裡。

林一覺得自己的猜測肯定是對的——不是小許導想追蘇哥，而是蘇哥想追小許導。他已經不只一次看到蘇哥這樣看人家了，今天似乎尤為「赤裸裸」，用柔情似水來形容都可以了。

蘇珀還要理一下東西，便把青橙帶進了房裡。

「今天還睏嗎？」

「……今天還好。」

「說起來，我明天下午要去你們學校做講座。」

「我們學校？」青橙有些意外。

「前幾天團裡長官跟我提的。我一聽是柏州戲劇學院，就答應了。」

青橙一時有些語塞，想了想說：「明天上午我要帶我奶奶去醫院體檢，下午應該有空……到時候我去學校看看。」

「好。」蘇珀見她站在那裡，伸手輕輕點了下她右臉的酒渦，輕聲說了句：「我想親妳。」

「……被人看到了怎麼辦？」不是，哪怕沒人看到也……

蘇珀湊到她耳邊說：「被人誇一句郎才女貌的時候，妳回句謝謝就行。」

青橙終究又紅了臉。

她想，這是她第一次，哦，不是，第二次跟同一個人談戀愛。新手上路，難免生澀，怪不得她。

演講當天，戲劇學院派了車去崑劇團接蘇珀和童安之，林一也跟著一道去幫忙。負責接送的是位年輕的女老師，一見到蘇珀就挪不開眼，還拿出了劇照求簽名。

蘇珀簽完，遞給童安之，後者說：「老師可沒說讓我也簽啊。」

女老師連忙尷尬地補充：「要簽的要簽的。」

童安之白了蘇珀一眼，簽好名字遞給前座的老師，說了聲「謝謝」。

女老師忙說：「是謝謝兩位老師才對。還有，學生們都很期待見你們呢。」

沒沒無聞的林一縮在後座角落，一臉歲月靜好的樣子。

這次的活動，劇團和學校一早就發了預告，蘇珀跟童安之也在微博上轉發過。

戲劇學院安排了最大的演播廳，並大方地分出了三分之一的席位給外校的人，做得十分人性化。

童安之說：「我昨晚跟青橙說了我們今天要到她學校做講座的事，她說她有空會過來看我們。」

「哦。」蘇珀沒什麼大反應。

童安之覺得無趣，便不再理他，繼續拿著手機刷微博，跟粉絲們互動。

半個多小時後，車子進了學校，最後停在了校車專用的停車場裡。蘇珀穿著一身深色休閒西服，戴上口罩和鴨舌帽，「全副武裝」地下了車。

童安之揶揄道：「你這打扮，是生怕別人注意不到你嗎？」

蘇珀無所謂，逕直走在了前頭。

「三位老師，這邊。」女老師殷勤地指路，一行人很快到了崇雅二號樓。他們到得早，所以沒有遇到人潮。

等到了休息室，泡茶坐定之後，蘇珀拿出手機，又掃了一遍存在裡面等會兒要演講的電子稿，然後去微信裡找出了青橙的號。

蘇珀：「來嗎？」

青橙回得很快：「來的，剛從家裡出來。」

蘇珀：「好。」

坐在蘇珀邊上的童安之這時說：「據說訂票來聽講座的八成是女孩子。我真心覺得我是來給自己招黑的。」

蘇珀說：「不是還有兩成是男生嗎？那都是來看妳的。」

「誰知道是不是跟來看守自己女朋友的。」

蘇珀想了下，道：「妳說得似乎也有道理。」

「……」童安之看向女老師說：「是不是跟妳想像中的完美佳公子不太一樣啊？看看，嘴巴多壞。」

女老師笑了笑，一臉並不介意的表情，接著她看了一眼牆上的鐘，起身道：「我去報告廳看看準備的情況，三位老師隨意。時間差不多的時候，我會過來領你們過去。」

「好。」蘇珀點點頭，林一也跟著附和了一聲。

而童安之卻站了起來。「老師，請問洗手間在哪邊？」

「哦，我帶您去。請跟我來吧。」

兩位女性一前一後出了門。林一頓時覺得自在了不少，咧嘴一笑道：「一會兒那麼多女孩子，我就坐她們中間，感覺真是幸福啊。」

蘇珀看他一眼。「給你個任務。」

林一眼睛一亮，湊過去問：「什麼？」

「你早點去會場，坐前面，等會兒許青橙過來，你給她留個好位置。」蘇珀一字一句地交代。

林一「哦」了聲，心想：師兄對許青橙還真是關照啊。

距離開場還有三、四十分鐘，蘇珀決定去跟師娘打聲招呼，便起身說：「我出去一下。」

因為堵車，青橙趕到學校的時候，講座已經開始了。演播廳裡坐滿了人，門邊窗邊也都擠滿了人，人氣可見一斑。

之前蘇珀跟她說過，讓她到了之後去前排找林一，他會給她留位子。結果她才到後門口，就看到了林一。

林一一看到她，就哭喪著臉說：「小許導，妳總算來了。我辜負了師兄的囑託，沒搶到位子。我也沒想到師兄竟然這麼火，據說一小時前就有人在排隊了。我提早了半小時過來，已經沒位子了……」

青橙倒是不介意，反而安慰他說：「蘇老闆紅不是好事嗎，我就跟你一起站這邊看吧。」

說著就挑了個空隙往裡張望，只見蘇珀一身筆挺的深灰色西裝，顯得成熟了很多，她不由得多看了兩眼。再看童安之，穿著一件純白色薄毛衣和長裙，淑女得很。

兩人本來就是男帥女靚，再加上演示的一些身段和唱腔都經過精心挑選，看起來簡單，卻內含門道，臺下的學生都聽得躍躍欲試。

青橙注意到邊上有個經過的男生停下了腳步在看她，她愣了下，隨即想起來，這是攝影系的學弟，剛入學的時候曾經因為學校活動而加了她的微信。此後常常晨昏定省，吃飯問安，死纏爛打，她一律視若無睹，一個月後，他就沒再找她了。

「你也對崑曲感興趣？」青橙還真有點意外。

學弟說：「不是啊，我陪我女朋友來的。」

青橙聽到對方已經覓得良緣，下意識地就想伸出手去說句「恭喜」。

學弟看著她笑笑說：「學姊妳太難追啦。約妳吃飯，妳不去；約妳逛街，妳說妳習慣網購；送妳東西，妳折合現金發我微信紅包。」

青橙：「……」

林一：「……」看看青橙，又看看那個男生，心理活動很活躍。

學弟最後跟青橙道別，去窗邊找他女朋友了。

青橙再度望向臺上的蘇珀。不知道是不是她的錯覺，此刻蘇珀似乎也往她這邊看了一眼，雖然很短暫。

終於到了互動體驗環節。主持人宣布，兩位演員會各挑一名學生上臺，手把手教兩個簡單的身段動作。請想上來的同學自己舉手。

此言一出，滿場都是長長短短的手臂在揮舞。

童安之看得眼花，笑著看向蘇珀，讓他先。

蘇珀掃視全場後，開口說：「我看到後排站著的同學從開場一直堅持到現在，我非常感謝他們的捧場。這樣，我就從後排站著的同學中選吧。」

頓時，好多有座位的女生悔不當初。早知道這樣，何必要搶座位呢，站位才值得搶好嗎？可惜，現在也來不及了。大家紛紛轉頭，想知道到底是哪個人這麼幸運。

林一站在後門口，嘖嘖道：「小許導，妳說師兄這像不像皇帝選妃啊。」

青橙看著滿場騷動的學生，竟無言反駁。

「就後門邊那位穿紅色毛衣的女生吧。」蘇珀終於開口。

唰，所有的目光同時聚焦到了許青橙的身上。

什麼？青橙見所有人都看向自己，才突然發現，自己今天穿的就是紅色的毛衣。可是紅色毛衣很普通啊，她四下看了一遍才發現，符合「後門邊」、「穿紅色毛衣」、「女生」這三個條件的人——只有她一個。

青橙有些蒙，但是在大家的目光催促下，只能硬著頭皮往前走。

「她是表演系的嗎？」

「有點眼熟啊。」

「是導演系的學姊……」

青橙上臺後，童安之衝她笑了笑，然後說：「既然我師兄喊了一位女生，那我就喊一位男生吧，讓我們看看男生的水袖能甩成什麼樣。」

「好！」臺下一片起鬨的聲音。

最後，一位戴著眼鏡、矮矮胖胖的男生被點名。他倒是很放得開，直接三步併作兩步，在大家的歡送聲中上了臺。

蘇珀教的是小生的蘭花指。他先做了個示範：「一指就是一指，三指就是三指，轉就是這樣轉，手指要完全聽妳的指揮。妳要它這樣轉也可以，要它那樣轉也可以。手要完完全全跟妳的心貼在一起。妳可以下意識地活動它，每一指都指到點。就像這樣，妳試試。」

說要教，那就真的是認真教。

青橙看了這麼長時間的戲，只覺得演員不容易，自己一動起來手，才真正體會到有多不容易。她自小學樂器，自認手指還算靈活，但就是怎麼都做不到蘇珀所說的手貼心、心到手到。

「這樣。」蘇珀輕觸她的指尖，微微幫她調整了一下姿勢。

青橙又一次感受到了那種似曾相識的酥麻感，一直從指間往心裡鑽。

她想：這倒真的是手貼心了。

整個教學過程很短，兩人雖然有時會靠近，但還是一個很規矩的樣子，可臺下的不少女生還是忍不住尖叫起來，恨不得臺上的那個人換成自己。

蘇珀的指導結束，女生們的少女心還在怦怦直跳時，那個胖胖的男生已經穿上了童安之送上的水袖。

第一下，沒甩起來；第二下，直接甩到了臉上；第三下，終於勉強過關，但是轉身的時候，他還是閃到了腰。

「沒事吧？」童安之趕緊問。

「沒事……沒事，呵呵呵……」胖子扶著腰，笑容不改地問：「童老師，我做對了嗎？」

「對了對了，最後那一下真挺不錯的。」童安之趕緊點點頭，對他來說，確實是不錯了。

「嗯，他們都說，我是個靈活的胖子。」胖子開心地喊了出來。

臺下笑倒一片，氣氛相當不錯。

青橙在一旁也被逗樂了，不經意間，蘇珀湊到她的耳邊，悄聲說了句：「結束後一起吃晚餐？」

青橙愣了一下，沒想到他會在臺上跟她講這麼私人的話。還好這會兒所有人的目光都被那個男生吸引了，沒有人注意他們的動靜。

「我得先回一趟二叔的工作室。」她用平生最快的語速湊過去說了句，然後迅速站開。

蘇珀笑了笑，回了一個「好」的口型。青橙覺得心跳有點快。

互動環節結束後，青橙和那個男生就下去了。她看了看時間，又望了一眼臺上正與主持人交流的蘇珀，跟林一交代了幾句，就趕緊去了二叔那邊。

後來在回去的路上，林一小心翼翼地問前座的蘇珀：「師兄，小許導有給你發過紅包嗎？」

蘇珀聽得莫名其妙。「什麼？」

林一苦苦思索，要不要跟師兄提點提點。

第十九章

一個難追，一個難動心

從二叔的工作室出來，青橙就按照約定在附近的一家書店等蘇珀。

窗外夕陽西下，斜暉脈脈，書店靠窗的座位特別適合等人。青橙剛聯絡完蘇珀，就發現童安之也發了簡訊給她。

童安之：「下午的演講我好緊張啊，好在順利結束了。」

青橙：「今天的演講很棒啊。」

童安之：「妳覺得我跟蘇珀誰更棒？」

青橙：「……都很棒。」

童安之：「今天蘇老闆假公濟私點妳上臺，我以為妳會偏袒他呢。」

青橙想起之前在臺上時，蘇珀的手有意無意地碰到自己的，她那時真的無比感謝奶奶從小就教她要「勇者不懼，泰然處之」。

她回童安之：「我其實更樂意當觀眾。」

童安之：「哈哈，蘇哥這個人呢是要求嚴了點，也不像我這麼親切，難為妳了。說起來，本來今天晚上長官想請我跟蘇哥吃飯，我說我約了親愛的人吃飯，結果蘇哥也來了句『理由一樣』。敢這麼扯淡推長官飯局的，他算是本團第一人了。」

青橙本來就想著找機會跟童安之說一下她跟蘇珀現在的關係，可斟酌了許久，還沒想好怎麼說，對方先發來了一句：「我先開車啦，回聊。」

青橙想了想，還是刪掉了打了一半的話，回道：「好。小心開車。」

夕陽已經落山，天上出現了一大片晚霞，襯得整個世界都變成了玫瑰色。

隔著玻璃窗，青橙看到蘇珀的車開了過來。

青橙上車後，蘇珀遞給她一瓶果汁。青橙的腦袋裡還迴響著那句「約了親愛的人吃飯」。

「去哪兒吃，妳定吧。」蘇珀微笑著說：「畢竟本市所有好吃的餐廳老闆名號妳都知道。」

「……我當你是誇我了。」

「是誇妳。」

蘇老闆的笑容更明顯了些。

青橙心情有點複雜地回了句「謝謝」，隨後開始指路。快到店的時候，她簡單說了下：「這家店的特色是藥膳老鴨煲，老鴨本來就是清補的佳品，這家店的湯裡還加了養胃生津、養腎防寒的中藥，入冬吃剛好。」

蘇珀聽後說：「我胃還行，腎也不錯，不過補一下也好。」

青橙：「……」

蘇珀愣了下，道：「我沒別的意思。」這還真是實話。

青橙此刻很希望有個地洞能讓她把頭埋一會兒。這時蘇珀卻又伸手過來，輕輕抓住了她的手，說：「被妳搞得我也怪緊張。」

「……」

後面的飯青橙都不記得是怎麼吃的了。

她只記得兩人用餐時，餐廳小院的梧桐遮去了大半的陽光，間或漏下來幾縷，透過巨大的落地玻璃映到餐桌邊的地上，銅錢大的一小塊一小塊，拼疊成了萬花筒般琉璃璀璨的圖案。

青橙想：以前都沒發現那圖案竟然還挺好看。

「紅樓複賽」開始前，各團都上報了入選演員的參賽曲目。所有參賽演員都在抓緊最後的時間練習。其間，許霖有個話劇方面的研討會要去海市。大約是覺得自己一直帶著姪女做崑曲，確實有些令她「不務正業」，他就跟組委會多申請了一個旁聽的名額，帶上了青橙。

青橙到海市後，剛在酒店辦好入住，就收到了蘇珀的簡訊：「到了嗎？」

青橙：「剛到酒店。」

蘇珀：「快六點了，晚餐別太晚吃。」

青橙：「二叔見到了熟人，在跟對方聊，估計要有一會兒。我也還不餓。對了，在路上的時候，二叔說到你跟嚴老闆了。」

蘇珀：「說我什麼？」

青橙：「說你……特別敬業。」

蘇珀：「嗯。」

一群師弟說說笑笑地從蘇珀面前經過，林一突然停下，奇怪地看著他問道：「師兄笑得那麼開心，跟誰聊天呢？」

蘇珀頭也不抬，揮了下手，說：「練功去。」

其餘的人都聽話地跑了，除了最膽大的林一，他迅速地湊到蘇珀邊上去偷瞄了下他的手機，一眼就看到了那句「特別敬業」。

「師兄。」林一縮了縮脖子，以防挨揍，但還是忍不住說：「平時最常被誇的就是你了，就算陳團說你多好多好，你也沒什麼太大的反應。今兒是什麼情況？」

蘇珀收了手機，拍了下林一的肩膀，微笑著說：「還不去？」

林一看著他的笑，突然一個激靈，撒腿就跑：「這就去！」

青橙在海市忙了幾日，直到「紅樓複賽」的當天，才跟著二叔回到柏州。

因為是複賽，晉級的人多少都是有些硬本事的。演員們自然更加重視。

蘇珀從不喜歡嘩眾取寵，依然規規矩矩地選了《桃花扇》裡的侯方域。而嚴岩也深知取巧的方法只能用一次，於是也不再另闢蹊徑，選了《牡丹亭》的柳夢梅。沈珈玏這次意外地與嚴岩的劇碼撞車，同樣是《拾叫》，而且恰好是前後出場，在專家眼裡便有了高下。

蘇珀看到落寞下臺的沈珈玏，兩人都瞭解對方，所以蘇珀沒有出口安慰，因為不需要，他只是伸手拍了拍沈珈玏的胳膊。

沈珈玏領情，也沒有多說：「你加油。」

「行。」

緊接著上臺的是趙南。

趙南沒有選小生劇碼，而是選了自己的看家劇《虎囊彈・醉打山門》。

要說這齣戲，跟小生是沒什麼關係，可跟《紅樓夢》倒是有那麼點淵源。寶釵生日，賈母要她點戲，她點的就是這齣，還跟寶玉推薦了其中那支《寄生草》的曲子。

青橙猜想，也許就是因為這一點淵源，以及趙南在初賽突然增加的關注度，組委會才會同意他用這齣折子參賽吧。

青橙在趙南的個人專場上聽過這齣，但是這次，她總覺得臺上的趙南似乎化身成了魯智深，而不是在演魯智深，尤其是唱到那支《寄生草》的時候。青橙看過好幾十遍的《紅樓夢》，對它的唱詞也很熟，知道是魯智深辭別師父時所唱。

漫英雄淚，相離處士家。謝慈悲，剃度在蓮臺下。
沒緣法，轉眼分離乍。赤條條，來去無牽掛。
那裡討，煙蓑雨笠卷單行？一任俺，芒鞋破缽隨緣化！

一齣結束，座上掌聲如雷，還真有觀眾看哭了。

不出意外，這次趙南應該也會晉級。

蘇珀抽籤抽到的是小生組的最後一個。

他看了下牆上掛著的圓鐘，離他上場還有段時間，便獨自坐在妝檯前默戲。

就在這時，負責器樂的工作人員突然火急火燎地來找他。

「蘇老師，負責提琴的張老師突發腸胃炎，剛才我們已經讓人把他送去醫院急診了。您看，您一會兒的伴奏，要不還是按照原樣？」

蘇珀沒想到會出這樣的意外。

在《紅樓夢》選角之初，他通過團裡長官，找到了這位提琴老師。老師姓張，脾氣有些古怪，他三次登門請求，對方見他是真的重視崑曲，才點頭答應為他伴奏。

提琴曾經是崑曲伴奏中一樣重要的樂器，他曾在一部紀錄片裡聽過提琴的演奏，音色非常幽怨淒婉，很特別，跟三弦的聲兒一起出來，能讓三弦聽起來更加柔曼宛揚。而它獨奏的時候，能叫人聽出眼淚來。

其實蘇珀倒不是為了比賽，他想試試在那樣的一種聲音裡去演繹已經唱過太多遍的曲。他總覺得這種樂器本身的音色加上它身上「瀕臨失傳」的標籤，讓他彷彿回到了崑曲的全盛時期，站在了那時候的舞臺上。

結果，最後還是與這樣可貴的嘗試機會失之交臂。

但這樣的意外誰都不想。

蘇珀雖然心裡覺得十分可惜，也只能接受事實。他張老師的手機上發了一條慰問消息，想著明天要去醫院探望一下。

簡訊發出後，他重新收拾了情緒，把自己拉回戲裡。

負責器樂的人跑出蘇珀的化妝間後，馬上要去重新安排，結果卻被許青橙攔了下來。

青橙剛收到童安之的消息，說蘇珀特邀的琴師張越飛有突發狀況，不能為他伴奏了，表示自己原本也很期待的，很可惜現在看不到了。她當下就跑了過來，本來是想找蘇珀的，結果先遇到了這位負責人。

「張老師的琴是不是還留在這裡？」

「是的。」

「那麻煩你帶我去看看，我是張老師的同門，我來替場。」

負責器樂的人雖然有些疑惑，但還是帶她去了。

一場戲落幕，一場戲又開始。

主持人終於叫到了蘇珀的名字。

樂起，站在舞臺邊的蘇珀進入角色，甩袖，登場。

唱到高潮的那支曲，本該是提琴獨奏，那種百轉千迴的牽繞，居然就從樂器場中悠悠地傳來了。蘇珀心頭一顫，趁著轉身一眼看過去，恰好見到青橙端坐在那裡，伸長著臂，操著弓在演奏提琴！

青橙其實是非常緊張的，雖然提琴的演奏部分只有短短半分鐘，卻是獨奏。況且她是臨時上陣，好在提琴是她從小就學的東西，並且她上臺表演的經驗也不少，這才能很快平和了心態，心神專注地演奏。

當蘇珀唱到「尋遍，立東風漸午天，那一去人難見」時，那種百轉千迴的古老琴聲，托著蘇珀悠揚婉轉的唱腔，繞梁迴旋，觸動了人心底深處的那份柔軟。

蘇珀唱完了，結束後他的第一眼，不是看評審，不是看主持人，也不是看觀眾，而是轉向樂器場，看向了青橙。
青橙也如釋重負，欣喜地朝著他笑。
他終於回過頭，面向觀眾和評審。
這一次，蘇珀將已經演過多遍的角色表演得更入木三分，評審也給出了相當高的評價。
蘇珀一下到後臺，妝也沒卸，就去找了青橙。
青橙剛擦拭完張老師的那把提琴，正小心翼翼地把它收進琴匣，一抬頭就看到了他。
蘇珀看著她，有好多疑問，卻不知道從何問起。
「怎麼了？我剛才沒拉錯吧。」青橙露齒一笑。
「我沒想到妳竟然……」
「其實，我七歲的時候就開始學提琴了。說起來，張老師還是我師弟呢。不過，拜師雖然是我早，但真正得師父真傳的，還是張老師。」
青橙笑道：「我也不能逢人就說吧。」
「怎麼從來沒聽妳提過？」
「我是外人嗎？」
青橙想了想，搖了下頭。
蘇珀笑了，誠心誠意地說了句：「謝謝妳。」

因為主持人公布結果的時候，所有演員都要去前臺，因此蘇珀又抓緊時間回化妝間卸妝。青橙把提琴交給樂器負責人後，自己就回了觀眾席。

複賽的結果出來後，競選小生的蘇珀、嚴岩、趙南都晉級了。而童安之這位小花，很可惜沒有被選上，不過她自己倒不怎麼失落。

「哎，你們倆別溜啊！」童安之一嗓子就喊住了正要走的蘇珀和嚴岩。

「童小姑奶奶，我們這是正大光明地走，怎麼到妳嘴裡就成溜了呢？」嚴岩扭頭抗議。

「不管怎麼樣，我今天落選了，不開心。同窗一場，你們兩個選上的，怎麼也得表示表示吧。」童安之笑呵呵地說。

「妳不開心？」蘇珀這個疑問句，怎麼聽都像是個反問句。

童安之頓時覺得自己似乎笑得太燦爛了些，於是稍微收了收，說：「我這是強顏歡笑。」說完，還眼疾手快地拉住一個「墊背的」。「沈師兄，你說，我們是不是都不開心？」

莫名被拉進來的沈珈玏一愣，反應過來後，搖了搖頭說：「我還得回家遛狗。」

這時，蘇珀一眼看到了人群中的青橙，她正朝著他們這邊走來。

青橙原本是想來安慰一下童安之的，結果對方從頭到腳一點沮喪的影子都找不到。

看到青橙來了，童安之臉上才收斂回去的笑意一下子就又冒了出來：「橙橙，妳來得正好，一起去吃消夜吧。」

「消夜？」青橙一下子沒反應過來。

「對呀，男朋友又出差。我閒來無事，看他倆又晉級了，就讓他們請客。」

嚴岩笑著搖了搖頭。「哦，原來我們只是第二選擇。不過，我跟老蘇都是大度的人，這樣，我們就去我跟老蘇常約的那家烤串店吧。」

「行。」童安之爽快地答應。

見青橙沒說話，蘇珀就問了一句：「可以嗎？」

青橙想了想，又看了看他，點頭說：「好。」

出發前，她給二叔發了一條簡訊，告知自己和大家出去吃消夜。

「許小姐，我很好奇，妳怎麼會演奏提琴呢？這個東西還是崑曲的伴奏樂器，可要不是蘇珀告訴我，我都沒聽過。」嚴岩問青橙。他是真的好奇，這個樂器那麼冷僻，她為什麼會去學。

「因為我的老師是奶奶的老朋友，奶奶覺得提琴的聲音好聽，而且學的人少，就堅持要送我去，一學就學了十幾年。後來老師突發心肌梗塞過世，我就沒再學了。」青橙的回答一絲不苟。

「妳學了十幾年！」童安之驚呆了。「我記得張老師說，他也就學了十年。所以妳還是他師姊？」

青橙也是在之前跟童安之聊天的過程中，得知原來蘇珀請的人是張越飛老師。

「拜師確實是我早，但我那時候總想著偷懶。記得張老師是近四十歲才來拜師的，但學得比我用心多了，而且直到現在他也一直在進修。」青橙很慚愧。

「許小姐果然不同凡響啊。」嚴岩感嘆。「有真本事，還謙虛禮貌。」

說完，嚴岩還特意看了一眼蘇珀。

後來在走出去的路上，嚴岩湊到蘇珀邊上低聲問：「怎麼不謝謝人家幫忙啊？不禮貌。」

蘇珀看了眼被童安之拉著走在前面說話的青橙，笑道：「謝過了。」

蘇珀跟嚴岩常去的那家店在柏州老城的小巷子裡。這邊沒有大路上那種燈紅酒綠的城市夜景，取而代之的是昏黃的路燈和市井小吃店。

青橙還挺意外的——這裡離香竹巷並不遠，而她偶爾也會來這一帶吃東西，竟然從來都沒見到過他。

到店一坐下來，嚴岩就問：「你們吃什麼？」

「你推薦吧。」童安之第一次來，看這裡熱鬧無比的樣子，就說：「你們真會找，這裡居然有這麼多吃的。」

「那就先每人十個羊肉串，十個牛板筋，再來兩份大羊排，四個烤茄子……」

因為是小店，單子都是自己寫了去交給老闆。嚴岩奮筆疾書，很快就寫完了，送完單子回來的路上，他看到蘇珀的手搭放在許青橙的椅子背上，視線一直若有似無地落在她身上……除了在戲臺上「談情說愛」，他還真沒見到過蘇珀用這種眼神看過誰。嚴岩眉梢一挑——有問題，這兩人一定有問題。

回來後，嚴岩面帶笑意地看向對面的青橙，然後意味深長地開口：「許青橙。」

「嚴老闆，你好。」青橙從從容容地回了他一個笑，沒有半點侷促，也沒有半點扭捏。

有意思，嚴岩保持微笑，開口道：「我聽安之提起過妳。說妳是學導演的，還說妳有兩部獲獎作品，她都看哭了，特別有現實意義。大力稱讚。」說著，他又轉頭看了看蘇珀，繼續道：「才貌雙全啊，一定有不少人追妳吧？」

一般的妹子被問到這類問題多少都會有些嬌羞，但青橙面不改色地推了回去：「嚴老闆，你太看得起我了。」

童安之突然想到什麼，笑了出來，對著青橙說：「不少人追妳？但是妳很難追是吧。林一說過妳拒絕男生的手段，什麼約妳吃飯，妳不去；約妳逛街，妳說妳習慣網購；送妳東西，妳折合現金發微信紅包回去，連蘇哥聽了都評價說快狠準。哈哈。」

青橙剛喝了一口水，差點嗆著。

「那不知道許小姐的擇偶標準是？」嚴岩突然起了好奇心。

青橙這回沒有回答，而是扭頭看了看蘇珀。

蘇珀索性伸出手，抓住了她的，然後在另外兩人驚呆了的目光中，緩緩地說：「我這樣的。」

童安之：「天哪，你們……」

「我果然是火眼金睛啊。」嚴岩感慨。

童安之冷靜下來後笑得很高興。「你們倆在一起，我是又吃驚，又覺得在情理之中！我一早就覺得蘇哥對我們小許導很『另眼相看』了。認識蘇哥這麼多年，他從來都是一副『和尚』心腸。我們團裡那麼多漂亮女生，從來沒見他撩過誰。你倆一個難追，一個難動心，也算是絕配了。橙橙，蘇哥追了妳多久啊？」

青橙在心裡估算了下：「十來……」

童安之：「天？」

青橙：「秒。」

蘇珀伸手碰她的耳朵。「不是。我應該早點跟妳表明心意，怪我膽子不夠大。」野心大，思慮重，確實怪他。

嚴岩嘲笑蘇珀：「以前我談戀愛的時候，你還嫌我膩膩歪歪，你現在不也是，以後誰也別笑誰了哈。」

青橙淡定地拉下蘇珀的手，另一隻手拿起茶水杯又慢慢地喝了一口。可桌下，蘇珀的手一直抓住她的沒鬆開，甚至把她的手拉過去放在了他的膝蓋上，拇指在她手背上摩挲。

青橙低下頭想，他看起來真的很喜歡她。

第二十章

小倆口在約會

《紅樓夢》複賽落幕的第一天，趙南突然選擇了退賽，蘇珀剛得到消息，就在練功房門口碰到了趙南。

趙南見到蘇珀，欲言又止。

蘇珀看了他一眼，禮貌地點了點頭，見他將說不說，也懶得等、懶得問，就直接準備回去了。

「能聊聊嗎？」趙南終於還是叫住了他。

蘇珀停下腳步。「那去練功房吧。」

「好。」

練功房是演員最難忘的地方，一年四季，除了出差和過年，似乎天天都會來這裡報到。這裡到處都是玻璃、窗子、牆……空闊又亮堂。

趙南走進去，開口道：「我辭職了。」

「什麼？」蘇珀確信自己沒有聽錯，但這個消息確實有些突然。

「俗話說，男怕入錯行。就因為小時候長得胖，我算是入錯了行當。我一直覺得這不公平，我們同樣是天賦型選手，憑什麼你可以一路風光，而我只能把臉藏在厚厚的油彩之下？憑什麼你可以在臺上風流恣意，而我只能豪言粗聲？憑什麼你永遠是風光的主角，而我只能是觀眾不會留意的配角？」

三個「憑什麼」，道出了趙南這些年的不甘。

蘇珀看著他，沉默著。

趙南自嘲道：「然而初賽一下來我就知道，我的天賦終究不及你。這與多年的練習無關。」他倆都是內行人，蘇珀當然知道他說的是什麼。

一直以來，趙南的嫉妒蘇珀完全能感受到，趙南似乎永遠都在跟他較勁，但他並不是一個會在人際關係裡鑽牛角尖的人，所以知道了也不在乎。

「有些事，拖得越久，你肯定越看不起我，而我自己也憋得慌。現在說出來，痛快一點了。」

蘇珀真不是看不起趙南，只是覺得不是一路人，聊不到一起，索性就別戴著面具裝親熱。不過既然他今天放下面子，開誠布公地來找自己，他也不介意多聊幾句。

而且傳統戲曲演員轉行的也不算少，雖然蘇珀覺得趙南放棄了那麼好的天賦，以及那麼多年的積累，實在可惜，但各人有各人的追求，蘇珀也沒什麼好說的：「你辭職了打算做什麼？」

「『紅樓初賽』之後，廖幀導演找到了我。說他有一部新的電影，其中一個角色很適合我，問我考不考慮轉行。當時我就想，也許我真的是入錯了行。」趙南沒有隱瞞。

廖幀是影視界小有名氣的導演，蘇珀也看過他導的電影，還算不錯。

「既然決定了，也好。」蘇珀站直了走過去，伸出手。「祝你順利。」

趙南看著他，笑了笑，握住他的手。「謝謝蘇哥。」

「沒別的事，我就先走了。」蘇珀一向不愛拖泥帶水，既然道過珍重，那就可以各奔前程了。他鬆了手，就往門口走去。

趙南看著他的背影消失在門後，順手拿起牆角的一杆長槍，威風凜凜地耍了一段。臨了收勢，他撫了撫槍桿，像是在跟自己所有的年少輕狂做最後的告別。

蘇珀離開崑劇院後直接開車去了柏州戲劇學院。在西門停好車，他便戴著黑色墨鏡，倚在一棵行道樹邊，發了一條簡訊給青橙。

「我在西門對面第二棵梧桐樹邊，等妳。」

沒一會兒就收到了回覆，很簡單：「好。」他笑著收起了手機，抬頭看著對面的鐵門。西門不是正門，所以進出的學生不多。

美食街兩旁都是一抱粗的法國梧桐，即便是深秋了，黃葉依然層層疊疊，宛如貼了滿樹的金箔。蘇珀看著零星來去的學生和在樹蔭中延伸的馬路，漸漸把它與記憶中的青山路合到了一處。

人生總有些時候，站在一個地方，看一處景，就感覺自己彷彿來過一般。

青橙這段時間回學校忙校慶的事情，因為是柏戲六十歲的整數周年，所以學校策劃得尤其隆重，光是晚會就安排了三場，在校學生獲過較大獎項的作品，全部會作為展演作品在白天單獨演出。她的獨幕劇《花朝》就是其中之一，所以她不得不跟許二叔請了假，回學校忙復排。

本來，《花朝》是今年上半年的作品，復排很輕鬆，可問題就出在，劇裡的一個重要角色出國了，雖然學校老師很快給她推薦了一名學生過來，說是表演經驗豐富，可這個角色的戲分僅次於主角，加上時間緊張，搞得青橙很頭痛。

青橙從排練教室出來後，邊往西門走，邊從斜背的小包包裡摸出化妝鏡。她皮膚偏白，可一旦睡眠不好，顯出疲憊來，就會讓人覺得有點蒼白。

她拿鏡子照了照。「狀態還好，細皮嫩肉的。」之後又試著微笑了一下。「回眸一笑雖然不到百媚生，兩三媚還是有的。」

青橙放好小鏡子，聽到邊上有人咳笑了一聲。

她後知後覺地看過去，結果就看到了文學作品創作的教授，她上過對方的選修課，對方顯然是聽到了她的自言自語。蔡教授五十歲剛出頭，外形儒雅可親，處事卻是出了名的雷厲風行。

然後青橙聽到蔡老師說：「不只兩三媚。」

這一刻，青橙窘迫得想死，但還是不失禮貌又謙虛地說：「謝謝蔡老師誇獎。」

蔡老師「嗯」了聲，就往邊上的岔路走了。

不過青橙沒能「無地自容」多久，一條新收到的簡訊讓她陷入了沉思。

在她快走到西門門口時，看到蘇珀穿過馬路，朝她走了過來。

「事情很多嗎？見妳一路過來都在看手機。」蘇珀說著牽住了她的手。

青橙一看到他，心情總是會好一些。她笑了下，才說：「不是學校的事，是趙南。他剛才跟我說，他從你們團裡辭職了，也不再參加紅樓選角了。這事你知道了嗎？」說到後面，笑容就淡了下去，畢竟站在朋友的角度，青橙對趙南的印象並不差。

「知道。」

「挺突然的。」

「他有他的選擇。」蘇珀不含褒貶地說道。

「也是……」青橙覺得蘇珀似乎不怎麼想跟她多聊趙南。

「走吧，想吃什麼？」蘇珀問道。

青橙其實還不怎麼餓，兩點多才吃的午餐。這時，一輛白色的小轎車在他們邊上停了下來。

車窗搖下，青橙又看到了蔡老師。

青橙一時反應不過來，一是不解對方為什麼要停下，二是之前的無地自容感又冒了出來——在校近四年，那稱得上是她最丟臉的瞬間了，比她大一時臨時被拉去演《雷雨》，站在臺上大段忘詞還要難堪。

結果，後面發生的事讓青橙覺得，前面那些根本就不算啥了！

蘇珀叫了聲：「蔡老師。」

「嗯，看身影像是你。」蔡綺沒想到會在這裡又見到自己丈夫的得意門生，而他手裡牽著的女生還是去年自己教過的學生。因為論文寫得出彩，加上相貌也好，所以她對這名學生有印象。

雖然意外，但蔡教授畢竟是見過世面的人，臉上表情都沒變一下。「小倆口在約會？」

「是。」

蘇珀笑著想，他師娘還是一如既往地開門見山、單刀直入，一句廢話都不多說。

「你陸老師知道嗎？」

「知道，我跟老師提過一句。」

蔡教授點了下頭，說：「知道的話以後就不會再給你瞎介紹對象了。」聽蔡綺的語氣，似乎也是挺煩陸平良學紅娘瞎折騰的。

蘇珀抬手順了下青橙側面的頭髮，說：「蔡老師是我師娘。」然後跟蔡綺又說：「她叫……」

蔡綺說：「我知道，我教過她，叫許青橙。」蔡教授好像又想到了什麼，對著青橙露出點笑容，說：「妳不只是回眸一笑百媚生，妳是秀外慧中。」

青橙腦子好使，哪怕現在都快蒙了，但至少還是理出了頭緒——之前蘇珀和童安之來他們學校做講座，林一就提過蘇珀的師娘也在他們柏戲，沒想到就是蔡老師。

驚訝過後，她多希望能回到十分鐘前，然後緊緊地按住自己胡說八道的嘴：讓妳亂說話！

青橙畢恭畢敬地垂下了頭。「謝謝蔡老師。」

「不用謝，我說的是實話。」蔡老師很實在，然後跟蘇珀說了句：「那你們逛吧。」說完就重新發動車子離開了。

等車子一開動，青橙就問：「蔡老師是你師娘？怎麼會這麼巧呢？」

蘇珀也覺得有點稀奇，但這算是好事。「這證明我跟妳有緣，兜兜轉轉都有聯繫。」

青橙卻一臉糾結地擺了擺手。「你讓我緩緩。」

兩人上了車後，蘇珀就摘下了墨鏡，他見身邊的人時而皺眉時而嘆氣，索性靠了過去，做了心裡想了許久的事。

蘇珀將脣覆了上去，見她只是僵了僵，沒有反對，他便暗自鬆了口氣。他抬起手輕輕地捏住她的下巴，讓她張開一點嘴，把舌頭探進去糾纏她的，沒一會兒又退出來咬她的嘴脣，之後又去纏她的舌。

他想，他怎麼會沒有對她一見鍾情呢？明明是那麼喜歡。

青橙只覺得腦子暈乎乎的，全身躁熱又綿軟無力。最後剩下的力氣，只夠她勉強抓住他後背的衣服，使自己免於徹底淪陷。

第二十一章

我談戀愛了

新成員加入《花朝》這部戲後，青橙帶著大家連續排了三天。整部戲第一次彩排下來，完成度還算不錯。

中場休息的時候，青橙把大家召集起來，講了幾處可以改進的地方。

等大家都散了，青橙走到了韓辰面前，說：「這兩天辛苦了。謝謝你願意來救場。」

「不辛苦，我對學姊妳仰慕已久。」韓辰人高馬大，說話直率。

青橙笑笑說：「謝謝。」

韓辰：「學姊，妳這樣的顏值，不當演員真是可惜了。記得上回學校的崑曲講座上，看到學姊上臺，氣場一點不輸同臺的童安之。」

青橙心說：我那天還有氣場可言嗎？沒有亂了方寸已經算是厲害了。

「你那天也在？」

韓辰笑道：「實不相瞞，我是學校雅風崑曲社的。」

雅風社是柏戲的崑曲社團，平時每週六都有老師帶著練唱，時不時還會有彩唱表演（註3），雖然成員不多，但也得過校優秀社團獎。

「請問哪位是許青橙小姐？」一位穿著外賣制服的小哥在門口探了探腦袋問。

「是我。」青橙有些莫名地走過去。「可是我並沒有點餐啊？」

「哦。」外賣小哥看了下單子。「是一位蘇先生點的直送服務，手機末四碼是6255。」

註3　演員簡單的化妝，扮作角色人物。

是蘇珀。

小哥看她的表情，確定沒送錯之後，把手裡的兩只大袋子放在了門邊的椅子上。

青橙今天晚上本來就要請大家去吃飯的。因為這兩天都在爭分奪秒地排戲，所以總是派一個人去學校餐廳打包速食，拿回來常常是冷的，大家也就湊合著吃。

「哇，是御龍軒的外賣！還是熱騰騰的！」

「學姊真是一如既往地闊氣啊。」

「學姊，御龍軒這麼高檔的酒店，好像沒聽說有外賣啊？」

……

青橙也好奇，她讓大家先吃，自己則走到教室外面撥了電話給蘇珀。

蘇珀剛練完幾段下來，正準備喝些水，電話就響了。他看到螢幕上面顯示的名字，就笑著接了起來。

「飯到了？」

「嗯。」青橙在電話那頭輕輕地應了聲，而後問：「御龍軒能訂外賣？」

蘇珀理所當然地回答：「跟老闆娘走的後門。」

青橙笑了聲，隨後道：「讓蘇老闆破費了。」

「讓妳吃好是我的責任。」

「那其他人呢？」青橙忍不住打趣了一句。

蘇珀頓了頓，答道：「愛屋及烏。」

「……」青橙一時接不上話，她從身旁的玻璃窗戶隨意往裡一看，正見到韓辰捧著飯盒走過，於是跟蘇珀分享說：「這次新加入的同學，還是崑曲戲迷。」
「那下次團裡有贈票，妳可以帶給他。」
青橙也就是順嘴一說，沒想到他會那麼「好」……還真的是很愛屋及烏了。
兩人又閒聊了幾句，青橙這邊有人喊她快去吃，否則又要涼了。
蘇珀笑道：「妳去吃吧。」
「好。」

蘇珀放下電話，前一刻收工下來的沈珈玏在聽完他的整通電話後，遲疑地問道：「你這是，交女朋友了？」
蘇珀想，沈師兄總算是看出來了。他點頭說：「是的，交女朋友了。」
沈師兄意外過後，好奇道：「是誰，我認識的嗎？」
「你認識，許青橙。」
「哦……」沈珈玏想了下，覺得這兩人挺合適的。「這女孩人不錯，你要好好待她。」
「你這話聽著像我媽說的。」
「去。」沈珈玏擰開水杯喝了兩口水。「走吧，請你吃飯。我有幾張火鍋券，馬上過期了。」
蘇珀想著吃火鍋太費時間，況且他晚上還得接著練，吃太飽也不合適，只要有東西墊墊肚子就可以，於是笑道：「有這吃飯的時間，我就去找我的女朋友了。」主要是，她也忙。

沈師兄難得取笑一句：「重色輕友啊。」

「謬讚。」

此時，正在不遠處準備離開的林一激動地在「小嘍囉」群裡發消息：「蘇師兄有女朋友了！千真萬確！他親口跟沈師兄說的！」

師弟1號：「誰？」

林一：「許青橙！許姊姊！果然不出我所料。」

師弟2號：「真的假的啊？」

林一：「當然是真的。師兄跟許姊姊打電話好溫柔。簡直一點都不像他。」

師妹1號：「可喜可賀啊！現在我們團的大齡未婚男女只剩下沈師兄了。」

師弟3號：「沈師兄有點難度。」

師弟4號：「哈哈哈不要這樣說。」

師妹2號：「兄弟姊妹們，我要弱弱地坦白一件事……許小姐剛來團裡的時候，不是自己帶便當嗎？那天，我看到她臨時有事放下便當走開了，蘇師兄也看到了，然後……蘇師兄竟然就去拿了她的便當吃……還面不改色地跟我說：『小丫頭，妳就當沒看見。』然後我就……我就得當沒看見了。」

其餘人：「……」

林一：「好腹黑的蘇師兄！」

林一發完抬起頭，竟然發現蘇珀正看向他這邊，然後向他招了下手。「小林子，過來。」

林一心驚肉跳地過去。

蘇珀道：「手機拿來我瞧瞧。」

林一視死如歸地把手機奉上。

蘇珀看完頁面上顯示的聊天紀錄，用林一的號在群裡發了一句：「改天，挑一個黃道吉日請大家吃大餐。蘇珀。」

群裡沉靜了幾秒，隨後紛紛發來或激動或賣萌的表情包。

林一小聲說：「挑一個黃道吉日？宜嫁娶嗎？」

蘇珀低笑了聲：「就你聰明。」

一旁的沈珈玏整理完東西，拎起斜背包，過來拍了下林一的肩膀。「蘇珀還要用功，咱們別打擾他了，我請你去吃火鍋。」

林一立馬狗腿道：「多謝沈師兄！」

「紅樓決賽」的這天，恰好是柏戲校慶的第一天。

上午是《花朝》的最後一次彩排。雖然之前的排練都挺順利的，但是臨到演出前，緊張的氣氛還是很明顯。一大早，大家都陸續到了，換裝，默戲，各就各位。

許青橙作為導演，也是第一撥到的。趁著演員化妝，她抓緊時間對每個人進行了最後的要點提醒。輪到韓辰的時候，青橙尤其細緻地總結了之前幾場的情況，加深他對人物和劇本的理解。因為他是臨時加入的，雖然演技確實不錯，但畢竟接觸劇本只有幾天，也是難為他了。

這時候，有學生過來喊：「學姊，下面要輪到你們《花朝》了。」

「好。」青橙一拍手，讓大家趕緊集合。

上午的彩排非常順利，基本達到了當初參賽時的水準。結束的時候，青橙叮囑演員們下午好好休息，全力以赴準備晚上的演出。

大家陸續離開，最後只剩了青橙一個人待在排演大廳，她這幾天連軸轉，確實有點累了。不過還是不能放鬆，畢竟晚上才是正式的演出。這時候，她又想起了蘇珀。晚上也是他的決賽，不知道他那邊怎麼樣了。正想著，蘇珀的電話就打來了，彷彿心有靈犀一般。

「中午本來想抽時間過去找妳，結果被長官叫住了。」

蘇珀的聲音溫潤，入耳入心之後，讓青橙原本有些緊繃的情緒舒緩了不少。「你今天決賽，還是好好練習吧。我晚上有演出，也不能去看你的比賽，你……加油。」

「我會的。妳在哪兒，聽起來周圍有些空曠。」

「還在排演廳，剛結束彩排。」

「別太累了，去吃飯吧，下午好好休息。」

「嗯。」

「晚上結束如果不是太晚，我就過去找妳。」

「好。」

青橙今天實在沒什麼胃口，去小餐廳吃了碗素麵。之後她回到寢室，打開了電腦。她的電腦裡有一個資料夾，名字叫SP。打開，裡頭是她在《玉簪記》結束之後，陸續收集的各種蘇珀的演出影片。她一直想把它們剪成一個MV，所以打算趁著下午的時間，再完善下整個剪輯的構思。

她打開其中一支新下的影片，是一集年代久遠的電視劇，她之前花了一點時間才搜索到，叫《花花世界》，是蘇珀很多年前參與過的一部民國劇，網上說他就出場了一集，也沒幾句臺詞。

劇放到一半時，寢室門突然開了。只見施英英拖著一個巨大的行李箱，挪著步子走了進來。

「我的媽呀！」施英英突然停下來，盯著青橙的電腦螢幕，不可思議地說：「才多久沒見，妳居然開始看這麼古老的狗血肥皂劇！」說著，她還扔了行李箱，伸出手，想要來摸青橙的額頭，確定她是不是發燒了。

青橙沒理她，繼續專心致志地看。

「妳不會是最近壓力太大，所以才看泡沫劇解壓吧？可是妳也不能挑這樣的呀，妳看這畫質，是我們小時候的片子吧。」她正自說自話，突然發覺螢幕上走過一個少年。「哎，這小哥不錯！」說著，她完全忘了剛才自己是怎麼 diss 這部劇的，直接湊了過來。

這時候，劇中的少年已經轉過了身，只留下一個淒涼的背影。邊上一個女孩子趴在地上，邊喊著哥哥邊哭得稀里嘩啦。

「哎，妳看！」施英英指著螢幕一驚一乍地說：「這小女孩是不是長得有點像妳啊？像妳之前發給我的那張照片，有沒有？」

青橙也覺得有點像。

這時候，一集結束，片尾曲開始。

「哎呀，妳再拉回去，讓我再看看剛才那個小哥！」施英英揉著青橙的肩膀催促著。

青橙被她揉得頭暈，直接按下了筆記型電腦的螢幕，回頭看著她說：「怪阿姨，妳口味真重。」

施英英差點被她糊弄過去，還好及時想明白，回她：「什麼嘛，妳也不看看這電視劇是什麼年代的，這小哥長到現在，說不定比我還大幾歲呢！」

青橙心想：確實比妳大。

「英英，我談戀愛了。」

施英英：「……跟誰？」

「蘇珀。」

施英英這次沉默了更久。「要是別人跟我這麼說，我直接就一句『他還是我老公呢！』回過去，但妳一向不瞎扯淡……所以，妳跟蘇老闆真好上了？」

「請文明用語。」

「妳跟蘇老闆結琴瑟之好，比翼雙飛了？」施英英突然想到了什麼，笑道：「所以那次牽手，是真的牽手？」

「不是，那會兒還沒在一起。」青橙見英英的表情已經平靜下來。「妳接受得還挺快。」

施英英白了她一眼，說：「在妳身上無論發生什麼奇怪的事，我都不會覺得太出乎意料，因為妳發起瘋來連大學裡的科目都能考滿分，這是凡人能幹出來的事嗎！」

「……」

此時，螢幕上演職人員的資訊上移動著，她伸手按了暫停，因為看到了蘇珀的名字，而他的名字後面跟著的名字讓她愣了愣——沐沐。

沐沐？

第二十二章

暴風雨要來了？不存在的

《花朝》這個節目被安排在晚會的後半段，所以他們的準備時間還是比較充裕的。演員們很早就到了，化好妝後便各自默戲。青橙在一旁，先是檢查了每個演員的妝容和穿戴，接著又把各種道具清點了一遍，基本無誤後，前頭的晚會也開始了。

主持人一番抑揚頓挫的開場白之後，節目就一個接著一個上演了。前臺很熱鬧，後臺候場的和退場的來來去去，也是人聲嘈雜。終於，工作人員來提醒獨幕劇《花朝》全體候場。

劇開演後，青橙一直在側幕緊張地看著。直到落幕，她才長長地鬆了一口氣，一看時間，已經八點半了。

演員們陸續下場，所有人都很興奮，青橙剛跟大家說完辛苦，包包裡的手機就響了，她一看是二叔。這會兒《紅樓夢》的選角差不多也該結束了，她想著二叔一定是打來跟她說結果的。

「你們先走吧，我去接個電話。」她接起電話，「喂」了一聲之後，跑出了後臺，找了個沒人的角落站定。因為校慶，學校各處都掛起了花花綠綠的燈，原本安靜的夜也變得熱鬧起來。青橙站的地方，往常都是燈光不及之處，現在也因為不遠處的彩燈而有了影影綽綽的光亮。

「橙橙，角色都定了。」許霖的聲音伴隨著各種嘈雜的背景音從電話裡傳來。「蘇珀是小生組裡最優秀的，不過嚴岩的表演也很有特色，所以我們評審商量之後決定，由兩個人一起來承擔賈寶玉這個角色。」

雖然青橙對蘇珀一直很有信心，但當她真正聽到了結果，依然十分欣喜。

「看妳二叔，多有眼光，當時做《西樓記》時我一眼就挑中了他。」許霖有些自得。

「是，您真是有眼光。」

「趙南倒是可惜了。那支《寄生草》唱得是真好。我本來也很期待他在決賽中的表現。只不過，他太聰明，知道如果繼續比下去，以他的底子是不夠的。不像蘇珀，妳是沒看到，他今天那齣《拾畫》，臺風瀟脫，做表細膩，吐字清晰，歸韻考究，反正我是挑不出什麼錯處了。」

「嗯。」

聽二叔又提到趙南，青橙想起了他最後一次聯絡她時，還鄭重地跟她道了歉。說他為了一時意氣追她，給她造成了困擾，希望她原諒。現在他辭了職轉去做影視演員，也不知道怎麼樣了。

跟二叔結束通話，青橙回到後臺，看大家都散了，自己也就回到了觀眾席。她原本的位子在很前面，但這會兒她看後面也有不少空位，也就懶得再上去，隨便挑了一個位子坐下。

她發了一條祝賀簡訊給蘇珀，但他遲遲沒有回覆。

手機的螢幕自動暗了，青橙的眼睛回到臺上，腦子裡想的卻依然是蘇珀。

此刻他在幹麼呢？剛贏了比賽，應該有不少人需要感謝，有不少人會去恭喜他。他之前說，結束之後也許會來找她，不知道會不會來。

時間不知不覺過去，晚會臨近尾聲。青橙怕散場時人太多，於是決定提早幾分鐘離開。

蘇珀從決賽現場出來已經是晚上九點多了。之前嚴岩熱情地說約了幾個昔日同窗一起去吃消夜，但他推說有事先走了。

車子一到柏戲正門的路口，就見校門口已經排起了車隊。於是蘇珀車頭一轉，去了後門。他好不容易停好車，下車後一邊往學校裡走，一邊打算聯絡青橙。一打開手機，他就看到了將近半小時前她發來的一條祝賀簡訊。他看著她的名字，露出了一抹微笑。

他擔心她還在忙，於是只回了簡訊過去：「我到你們學校了，正看著指示牌往晚會大廳的方向去。」

剛出大廳不久的青橙正走在花壇邊，身邊有三三兩兩的學生走過，她看到了蘇珀的消息，正要給他回電話，結果後頭有人喊住了她：「學姊，等等我！」是韓辰的聲音，青橙停下來回頭一看，果然是他。對方逕直朝她跑過來，把一條圍巾遞給她。「學姊，妳的圍巾。」

「哎呀，我給忘了。」青橙去後臺之前，把圍巾放在了原先前排的位子上，下場後也沒回去，忘得一乾二淨。「謝謝你啊。」

「我等了妳半天沒見妳回來，剛想打電話給妳，就看到妳從後門出去了。所以我趕緊追過來。」男生爽朗地笑道。「我同學還在等我，先回去了。拜拜。」

「好，再見。」

青橙轉身剛要走，蘇珀就出現在了她的眼前——站在離她十公尺遠的地方，正微笑著看她。他沒穿外套，只穿了一件黑色高領套頭衫，整個人顯得高瘦頎長，因為是晚上，除了熟悉的人，大概沒法一下子認出他來。

青橙趕緊三兩步跑過去。「你來了。」

「來了有一會兒了。看到妳正跟同學聊天，我就在邊上等了一等。」

青橙簡單說道：「他就是這次新加入的韓辰，很有表演才華。」見他穿得少，她忍不住問：「你穿這麼點，不冷嗎？」

蘇珀笑了下，幫她把衣服外套的拉鍊往上拉嚴實了些，然後牽住她的手。「我不冷。去吃點東西吧，晚上有演出，你晚餐肯定沒好好吃。」

她猜他晚上也沒怎麼吃，畢竟要餓唱。「好。」

沒走兩步，蘇珀的電話響了。

「叔叔，接到女朋友了嗎？接到了就一起帶過來吧！」

因為嚴岩的聲音太大，蘇珀索性挪開了電話，這下，連青橙都聽到了嚴岩的「吶喊」。

蘇珀揚眉笑道：「你怎麼知道我是來找……」他看向青橙，故意似的強調說：「女朋友？」

「那你說你急急忙忙去幹麼？總不至於是回家睡覺吧？快來吧，你都贏了還不來跟我一起請客，也太小氣了吧？」那邊沒等蘇珀回答，繼續喊著。

蘇珀搖搖頭，看向青橙。「妳要去嗎？」如果她累了不想去人太多的地方，那他寧可背了「小氣」的鍋，回頭再找機會請大家。

青橙想著，他比賽結束，本就該跟大家一起慶祝，現在卻特地跑來找她。她二話不說點了下頭。「去吧。」

嚴岩在電話那頭隱隱聽到了他們的對話，笑著壓低了聲音說：「叔叔，其他人都好奇死了你家女朋友，想要膜拜下這位收服了咱們戲校最『鐵石心腸』小生的奇女子。」

蘇珀回道：「膜拜可以。但別太過，嚇到了她。」

「你女朋友我見過，泰山崩於前而面不改色。」

「行了，別貧了，一會兒見。」蘇珀掛了電話，這時，他們身後人聲漸起，大概是晚會結束，大家都開始走出來了。

晚上車少，不到半小時，蘇珀就開到了目的地，然後帶著青橙進了生意紅火的老譚家烤魚店。

他倆一進門，坐在窗口的嚴岩就站起來衝他們招手。那是張大桌，已經坐了六個人，嚴岩一站起來，全桌人便都往他們這邊看，有人還喊了聲「才子佳人」，以至於周圍其他桌的客人也看熱鬧似的往他們這邊瞟，使得青橙和蘇珀一進門就成了眾人矚目的焦點。

等到他倆過去坐定，嚴岩嘻嘻哈哈地拿起青橙面前的杯子，滿滿倒了一杯啤酒，道：「許美女，又見面了，來，我敬妳一杯。」

「還是我敬你吧。」許青橙笑著舉杯。「恭喜嚴老闆贏得比賽。」

「贏了比賽的可不只我一個。」嚴岩抿著嘴笑。「為什麼只敬我？」

青橙看向身邊的蘇珀，只見他也站了起來，給自己面前的杯子倒上一杯熱茶，然後把青橙手裡的拿過來一換，說：「天冷，喝點溫的。」

桌上一個微胖的男子趁機起鬨：「這可真不是我認識的蘇哥。」

蘇珀也不答，只是朝大家舉了舉杯，笑道：「我乾了。你們隨意喝吧，都是熟人，就別敬來敬去了。」

「那我也乾了。」嚴岩一口悶了一杯，然後說：「畢業後大家分散去了各個地方。這麼多年，要聚起來不容易。平時大家都護嗓少喝，但今天，必須不醉不歸。」

「沒錯，沒錯，不醉不歸。」大家紛紛附和。

這時候，坐在蘇珀另一邊的圓臉男子說：「咱們這群當年玩得好的，今天就差沈哥沒到場了。」

「沈哥愛狗勝過我們。」

「現在是不是就沈哥沒交女朋友了？」

「老嚴也沒有啊。」

「老嚴不是沒有，是太多。」

一聽這話，嚴岩趕緊辯解：「什麼太多，別亂說，我一次就交一個，現在更是一個也無。」

大家笑著說了幾句，服務生又端上了第二盤烤魚。嚴岩指了指魚，對青橙說：「給你們點的，這家的招牌菜，許小姐嘗嘗看。」

「謝謝。」青橙剛說完，就收到了一條施英英的微信，因為是語音，店裡又人聲嘈雜，她沒法聽，才想起來晚會後還沒跟英英聯絡過，索性跟桌上的人打了聲招呼，去外面打電話。

趁她站起來的時候，蘇珀把外套遞給了她。青橙接過後，就小跑著去了門外，在路邊的一棵樹旁站定。她低著頭說話，幾縷碎髮垂在一邊，擋住了半側臉頰。外套鬆鬆地搭在身上，她時而用手扶一把，袖子一蕩，撫上了邊上矮矮的被修得圓頭圓臉的冬青。

蘇珀隔著玻璃時不時關注著她，嚴岩看得直感嘆：「你們看老蘇，一臉想結婚生子的表情。」

蘇珀回頭，淡定地說了一句：「不以結婚為前提的戀愛都是耍流氓。」

沒多久，青橙就回來了，還沒落座，就有人問：「許小姐，聽嚴岩說妳是在柏戲學導演的。你們柏戲東門外有一條街，沿街都是銀杏，一到秋天，滿眼的金黃色，我每次開車路過都覺得特別美。」

「對，是花翎街。」

「其實我們戲校門口也有一條類似的路。」

「青山路嘛。這條路老嚴最熟了，當年可是他的桃花路。三天就換個妹子軋馬路，來回走幾十遍，還被老師抓到過。」

「我記得，我們還說，青山路邊有多少法國梧桐，老嚴就交過多少女朋友。」

「現在肯定不只了吧，哈哈。」

嚴岩一臉無奈。「你們就饒了我吧。」

青山路、梧桐樹、戲校門口……青橙記得她跟蘇珀相識就是在戲校門口那條有著兩排梧桐樹的路上，後來他們一起散步，一起吃東西，都是在那條路。

原來，那條路叫青山路。

猛然間，青橙的腦中閃過一張照片。是蘇珀曾經發給她的，他說這是青山路。當時她還挺莫名，現在一下子反應過來了——他是記得自己的！

他什麼時候記起來的？他給她發照片時好像是他們才去園林排戲不久。

難不成是一開始？

青橙努力控制著自己的情緒，不想在這麼多人面前失態——如果他記得她，那他應該就知道她之前為什麼會下意識地避著他了。她想到這段時間以來自己的種種行為，覺得跟掩耳盜鈴似的蠢笨。

她直覺蘇珀正看著她，可她卻不敢回視，但熬了一會兒，還是忍不住去看他，這一看，就又見到了他那一貫溫和的淺笑。

青橙覺得，要不是他笑得真的挺溫柔，她都要懷疑這是嘲笑了。

果然是當紅小生，演技真好。

蘇珀看到她糾結的眼神，就知道她一定是明白過來了。

他暗暗嘆了口氣。原本想著，她不想提，他便順著她，一切從頭開始。現在，該怎麼順她心意呢？

之後，青橙依然表現如常，卻很少再看蘇珀。

第二十三章

我們談談過去那段烏龍吧

離開的時候，因為大家都喝了酒，所以各自叫了代駕。

等其他人都走了，蘇珀叫的代駕依然沒到。

青橙跟蘇珀坐在車裡，兩邊路燈灑下的燈光因為樹多而顯得有些昏暗，路上間或開過一輛車，燈影一晃而過。

青橙沉默了一會兒，轉頭看向蘇珀。

「你記得我？」

蘇珀鬆了口氣。「是。」

「為什麼……不跟我明說？」

「我以為妳不想提。」

青橙一時竟無言以對。

之前她只是不希望他認出自己，免得自己尷尬。

然而現在的事實是，他不光早就認出了她，還看出了她的想法，體貼地配合了她的演出。

蘇珀輕輕抓住了她的手。「別生氣好嗎？」

「我沒生氣。」她氣惱的是她自己……

這時候，代駕的電話來了，蘇珀接起來。

「蘇先生是吧？我是您叫的代駕，您的車是輛黑色的越野，車牌號……我看到了！」

下一刻，有人敲了兩下車窗。

代駕是個胖胖的大叔，一開門就連連道歉，說自己來晚了。

等他坐上駕駛座，蘇珀道：「麻煩先去香竹巷。」

「好咧！」

因為有了第三者在場，兩人不再多說。胖大叔卻是個愛說話的，但他起了幾次話頭都沒人接，就也安靜了下來。

烤魚店就在城北，所以車子很快就開到了香竹巷口。青橙沒再讓司機開進去，她跟蘇珀道了聲「再見」，就下了車，卻見蘇珀也跟著她下來了。

「我陪妳走進去。」

青橙搖頭：「這一帶很安全，周圍住的都是老鄰居。我到家了就發訊息給你。」

蘇珀見青橙堅持，就退了一步。「那我在這裡看著妳進去。」

青橙拗不過他，只好又跟他道了聲「再見」，而後轉身進了巷子。

一路上，青橙思前想後，其實蘇珀隱瞞的初衷也是好意，她並不能苛責什麼。

而她真正在意的……

青橙走進自家院子後，坐在奶奶沒搬進屋的小板凳上，拿起手機，猶豫著編輯了一條簡訊，刪掉，又寫，終於還是決定發出去。既然都已經說開了，她就不想再遮遮掩掩。

「當年，你有沒有喜歡過我？」蘇珀剛回到車上，就收到了青橙的簡訊。

他盯著螢幕，斟酌了一番，最後還是決定說實話：「當時……沒有。」

青橙看到回覆，嘴角不自覺地動了動，那一刻，她有些心顫。

「不知道你還記不記得，那時候，你對我說的最後一句話是——『我弄錯了』？既然那時你並不喜歡我，卻又無故對我好，那麼我是不是可以認為，你喜歡的是另有其人？」

此時，車子的前方有行人突然竄出，代駕司機一個急煞，探頭罵了一句。

蘇珀坐穩後，看前方的小巷似乎不易掉頭，於是迅速回了一個「不是」之後對師傅說了句：「麻煩等我一下！」他說完就下了車往回跑去。

路上，蘇珀撥通了青橙的電話。

響過幾聲後她才接起：「你……」

沒等她問，蘇珀就開口道：「我回來了，我們談談吧。」

蘇珀跑回香竹巷的時候，遠遠就看到青橙正迎面向他走來。她的步子很慢，好像在思考著什麼。

路燈昏暗，間隔又遠，把人的影子拉得很長。他看不清她的臉，越發心急地跑了幾步。

直到在她面前站定，他才看清她蹙著的眉頭。同時，青橙也抬起了頭，深吸了一口氣，才開口：「你說吧。」

蘇珀盯著她那快打了結的眉，伸手想要去揉。快要觸到額頭的時候，她抓住了他的手。因為她之前在院子裡待了許久，吹了一會兒風，所以此刻的手很涼。

蘇珀終於明白，原來在他看來無關緊要的一件小事，卻誤傷了她，讓她以為自己曾經把她當成了其他人的替身。

想到這兒，他不禁湧起一陣心疼，索性抓了她的雙手放在掌心焐著。這回，青橙沒有掙扎。

「當年我的確是弄錯了。因為我眼拙，記不大清女孩子的樣貌，所以把妳認成了另一個人。」

這事說來是個烏龍，但他十分慶幸。

「誰？」青橙問道。

「我只記得她叫沐沐，我曾經跟她一起拍過一部電視劇——」

「《花花世界》。」蘇珀還沒說完，青橙就接上了。

蘇珀有些意外。「妳知道？」

「我……」青橙想著，MV還沒做完，還是先不說了。「你的粉絲說你以前拍過，也僅拍過一部電視劇，叫《花花世界》。」

「妳看過？」

青橙回了他一眼。「裡面有個女孩子，確實跟我中學的時候有點像。」

蘇珀知道她一向處事冷靜，可有時候又心疼她太冷靜。他向前略挪了挪，盡可能地替她擋住風。

「其實嚴格來講我根本不認識她，只是曾經欠了她一點錢，想說有機會再遇到的話，就把錢還給她。」他頓了頓，又強調了一句：「無關感情。」

青橙千猜萬猜，也猜不到會是這樣一個緣由。她有些愣。「欠錢？」

蘇珀覺得掌心的那雙手終於有點溫度了。「當年我拍完戲，拿了一百塊的片酬。要回去的時候，我發現這一百塊錢不見了。那時候我家裡經濟狀況不好，所以我一直找，但找到天都快黑了，還是沒找到。後來，有個女生過來問我是不是掉了錢，我說我的一百塊不見了。她就說她剛撿到一百塊，然後給了我一張一百塊就跑了。」

青橙聽得投入。「她給你找回了錢，你怎麼說你欠她錢呢？」

蘇珀揉了揉她的手，說：「可副導演給我的是兩張五十的。」

青橙這下愣住了，她想了想說：「所以那錢不是你的，而且大概率是她把自己的錢給了你？」

蘇珀點點頭。「我也這麼想。可我忘了問她的名字，就記得拍戲的時候，有人喊她木木。可是之後我就進了戲校，那裡的老師很嚴格，我後來沒有再出去接臨時的活兒。直到我遇見妳，聽到別人喊妳木木，才又想起那一百塊錢的事，也覺得妳確實有些像她。那時候我想得很簡單，如果妳是，我就把錢還了。」

「後來你發現我不是她？」

「嗯。」

「所以你很失望。」

「不，我只怨自己太魯莽，不弄清楚，就草率行事。」

青橙沉默了，當時的他對她所有的好，都只是因為這麼一個始料未及、哭笑不得的誤會……好在他現在對她是真心實意的，那麼這段烏龍總算還是有了一個美滿的結局。想到這裡，她覺得，自己應該是釋懷了。

她衝他笑了笑，眉頭也舒展了，但他還沒有說完——

「後來，妳不辭而別，突然就不見了。我想了很久，都沒有明白為什麼，一直耿耿於懷。直到再見到妳，我才知道，那不是耿耿於懷，而是念念不忘。以至於，八年多後，我能一眼就認出妳，也確定自己沒有認錯。」

青橙看著他，想著這句「不是耿耿於懷，而是念念不忘」，也許她會記一輩子吧。

後來的一天，青橙問他：「我變化還挺大的，你到底是怎麼一下子就認出我來的？」

蘇老闆的手在她的臉上游移：「眼，還是那雙不語先笑的眼；唇，依舊是溫潤得像花瓣；眉心這裡有一顆小痣；酒渦深了點；頭髮長了些；也長高了點。」

此刻，蘇珀只是伸手擁住了她。

「對不起。是我做得不好，不管是過去，還是再次見到妳之後。」由於兩人靠得太近，說話間，連呼吸聲都清晰可聞。

青橙這才感覺到，他的心跳有些快。原來他也很緊張？

其實，他也沒做錯什麼。

想到這裡，青橙搖了下頭，只覺得他將她抱得更緊了些。好半晌，她才又聽他說：

「過兩天，我就要去華州的良輔崑劇院集中排練。」

「……時間安排得這麼急嗎？」

「這個戲要趕在明年崑曲入選『非遺』紀念日那天上演。」

青橙想起柏州崑劇院進門處的那一大面白牆，上面有一個藍色的標記，中間是一個日期——05·18。

「五月十八號嗎？」
「嗯。」
青橙輕輕笑了，說：「那天剛好是我的生日。」
「我知道。」

第二十四章

夫人手巧

夜闌人靜的時候，青橙窩在床上發簡訊給蘇珀：「到家了嗎？」

蘇珀：「剛到。」

青橙：「剛才忘了問你，你是怎麼知道我生日的？」

蘇珀：「當年妳說起過。」

青橙：「我說過？」

她竟然完全忘記了。

蘇珀：「不過，妳生日那天正好是崑曲『申遺』成功紀念日。好遺憾每年妳的生日我都會因為有紀念演出不能陪妳。」

青橙：「沒事，我還可以過陰曆生日的。」

這回，蘇珀發來了一條語音：「那，每年陽曆，我在臺上為妳唱戲；每年陰曆，我在臺下給妳慶生。可好？」

蘇珀一句「可好」，酥甜得彷彿化了蜜，滴落到青橙心裡。

可這一滴蜜，猶如一道引子，勾出了她內心積攢了多年的各種滋味。一段跨時近九年的戀情，說可笑，她當年因一時意氣，什麼都沒搞明白就自己認定了結局；說遺憾，他們因為小小的誤會錯過了中間那麼多年……不過，幸而他們還能重逢，還能再走到一起……青橙轉頭，看到書架上的那本《詩經》，又想起了裡面那一句「執子之手，與子偕老」。

兩天後，華州的良輔崑劇院聚齊了新版崑曲《紅樓夢》的所有演職人員。

「我們這版《紅樓夢》主要是通過串聯原作中幾場重要的生日宴席，加最後的賈府抄家、寶玉出家，來表達興衰無情之感。我們的特色是戲中戲……」開始兩天，是由幾位主要的編劇來給演員們講解編劇意圖及整部戲的特色。

由此，演員們第一次知道，原來自己除了要演本身所飾的角色，每次宴席裡戲中戲的部分，也需要他們分擔。這既是極有趣的一次嘗試，也是一項艱巨的挑戰。

比如「元春點戲」中的四齣──《豪宴》、《乞巧》、《仙緣》、《離魂》，就要分別由嚴岩、李可可、蘇珀和顏小瑤來演。雖說只唱一支曲，但是對年輕演員來講，角色的突然轉換要想演好，很見功力。

第二天傍晚，劇本會議終於結束。年輕演員們得了閒，紛紛相約出去吃飯，十幾個人浩浩蕩蕩地走出了大院。

蘇珀和嚴岩走在最後面。

「喂，老蘇，聽完劇本會，你怎麼還是一副雲淡風輕的樣子？」

「不然呢？我要把壓力寫在臉上廣而告之嗎？」

嚴岩哈哈一笑。「知道你也不輕鬆，我就放心了。」

蘇珀搖了下頭，剛才給青橙發了條簡訊過去，她還沒回過來，他順手刷了下微博，當他看到自己設定的悄悄關注之人在半小時前發了一條影片微博時，他停下了腳步。

她配的文字是──有點虐，有點甜。

「看什麼呢？」嚴岩好奇地湊了過去。

蘇珀直接點開了影片。

第一個畫面是他坐在鏡前讓化妝師卸妝，穿著被汗水浸透的白衫。

他笑了笑，心想：這應該是排演《西樓記》時，攝影師拍下來的花絮。

畫面的色調調得很柔，光線由亮轉暗，最後消失化為一抹白。

接著，那一抹白變成了大地未明、晨露清流的湖畔，一群半大的孩子四散各處運氣練聲；練功教室內，他們扳腰、開胯，眉眼都擠到了一處；收工休息時，幾個孩子一起下樓，都是緊緊抓著樓梯扶手，一步一步地往下蹭……

一滴汗水落下化成了墨，綻開時，是他每一場有影片記錄的演出片段：少年時稚氣未脫的他，逐漸長大後風流倜儻的他，每一朵墨花盛開後都是他在臺上的風姿，而背景音樂就是他在《玉簪記．琴挑》裡的那支《懶畫眉》：「落葉驚殘夢……」

舞臺漸隱，出現了一隻手的特寫。指節分明，白膚襯著墨色，宛若陰陽流轉。

他再出現時，是衣冠齊楚地站在臺上，倜儻婉轉地唱著：「花箋鐘王妙楷，晶晶可羨。妙，羨煞你素指輕盈能寫怨……」

水袖一轉，落拓青衫幻化為一身紅袍，一株豔麗的牡丹在他背後暈染成雲霧，一層層淡去，掌聲卻在這光霧裡響起，那聲音唱道：「金粉未消亡，聞得六朝香。」

影片不長，只有短短的四分多鐘，最後繁華落幕。

蘇珀面色沉靜地看完影片，最後直接點了轉發——

崑曲小生蘇珀：妳真好。@是橙不是木

戲迷的留言非常迅速——

蘇老闆轉了什麼？話說得這麼寵？

這個「是橙不是木」是誰？

看了二十秒影片忍不住先退出來說一句，男神的背影莫名地讓人心中一疼。我之前看過男神汗水淋漓的花絮，那時候只覺得看著好誘人的我現在覺得陡生罪過。

……

過了大概五分鐘，有人看完了影片回來評論——

影片做得好好，彷彿看到了一個崑曲演員從無聲的臺下走上充滿掌聲的臺上的一生。

我發現原博主以前也發過不少影片，有一些是原創拍攝的，有一些是剪的，做得都很驚豔啊！

男神發的那三個字，細細品味，真的太撩了。

妳真好？妳真好？是表白還是感謝？

嚴岩回想那個「是橙不是木」的ＩＤ，又看到發微博一向無趣的蘇珀轉發時說了那麼一句，心裡就有了底，幾乎沒有半點懷疑。

「老蘇，你家女朋友實力寵夫啊。」

「嗯，她是很有實力。」

嚴岩被甜得哆嗦了一下，也掏出自己的手機去湊熱鬧，跟風評論道：「小哥哥寵粉哦。」

一刷新，就看到童安之也轉發了，還附評論說：「有粉如此，羨煞人也。」

這其中，最惹眼的評論當屬沈珈玏：「對待粉絲，不可太輕佻，要尊重，有他們才有我們。與君共勉。」

沈師兄這條評論下面得到了大量粉絲統一整齊的回覆：「不不不，沈哥哥，我們就想被輕佻對待！」

青橙洗完澡出來，一邊拿毛巾搓著頭髮，一邊打開手機上了微博，然後就傻眼了——她發現好多人轉發了她的微博。

她的微博慣常用來發自己剪的影片，吸引了一些粉絲，也算是個小網紅，但這次的轉發量高得出奇。

她一查看，就明白了。

她本來只打算把影片發到微博上。結果萬萬沒想到，正主居然直接轉發了，還有嚴岩、童安之他們。

青橙擦頭髮的手停住了，一屁股坐在床上發了一條簡訊給蘇珀：「你關注我了？」

「一早就從安之的關注列表裡找到加了。」

「……你配這樣的文字，會不會太明目張膽了點？」

「已經很含蓄了。」

青橙抿嘴笑了下，想了一會兒，慢吞吞地打字發過去：「那不含蓄的呢？」

對方很快回過來，顯然是早就在心裡想過的：「夫人手巧。」

青橙：「……還是含蓄點好。」

蘇珀收起手機的時候，就聽到嚴岩說：「是橙不是木？老蘇，你是不是曾經酒醉後抱著許小姐喊過『木木』？於是你女朋友一怒之下，取了這樣一個微博名。」

蘇珀沒有理他的狗血推斷，直接回了句：「青橙就是木木。」

嚴岩一時沒反應過來：「……八年前的那個？我以為你是在說笑的那個？」

蘇珀把雙手插入褲袋，往前走，臉上帶著若有似無的笑。

恍然大悟的嚴岩趕緊追上去。「蘇珀，你太變態了！你是守株待兔了八年？還是步步為營了八年？」

「都不是。」

他是牽念了八年，後知後覺了八年。

崑曲《紅樓夢》排練期間，青橙也回了學校準備畢業作品。

他倆基本保持每天都通一次晚安電話。但這天，蘇珀中午就收到了青橙的電話。

「我畢業作品的劇本改好了，原著是齊老的名劇《心猿》。」

蘇珀：「我不太懂話劇，講什麼的？」

「丑角演員的故事，現實主義題材，很見工夫。」這大概是她跟二叔學習的這段時間裡最大的收穫了。因為對崑曲的瞭解和喜歡，她才會去嘗試這樣一部高難度、多層次的話劇。

「為什麼是丑角而不是巾生？」蘇珀聽完便打趣道。

青橙笑著回他：「那你得去問齊老，問他為什麼沒寫一部巾生當主角的戲。」

「要不妳換一部改吧。」

「換什麼？」

「《霸王別姬》？」

「這不是花臉戲嗎？」

「可以改。霸王俊扮，之後妳聽著……」接下去，蘇珀還真的現場來了一段生旦對白，純原創，還自帶生旦角色的轉換——

虞姬：「我要自殺。」

霸王：「真的嗎？」

虞姬：「真的。」

霸王：「確定嗎？」

虞姬：「確定。」

霸王：「那妳去死吧。」

青橙笑得不行。「你這是什麼劇本啊？」

蘇老闆一本正經地總結：「愛她，就滿足她的一切願望。」

青橙沉默了下，最後選擇了無腦吹：「你真有才。對了，我想好了——明天我帶你去吃華州的蓴鱸居。」

「好。」蘇珀笑著應了，心裡想著：以前老是為吃的發愁，看來今後再也不用愁了。

隔天傍晚，經過三個多小時的車程後，青橙終於到了華州。

良輔崑劇院位於華州市的繁華地帶，青橙下車的時候，看到的是一幢全新又古典感十足的五層大樓，跟柏州崑劇院的園林建築完全不同。

青橙剛簽了名，就聽到警衛說道：「唷，蘇老師出來了。」

「青橙。」

這聲音青橙再耳熟不過，宛若秋夜裡的晚風，讓人感覺很舒服。

蘇珀走到她身邊，問：「剛到？」

青橙笑笑。「路上有些堵。」

警衛看著他倆，特地插了一句嘴：「蘇老師昨天就跟我打過招呼，今天中午又來說了句，生怕咱怠慢了許小姐，哈哈。」

青橙笑吟吟地看向蘇珀。

蘇珀接過她的行李，放到了警衛室裡面。

「張師傅，暫放一下，我們吃完飯就回來拿。」說著，他還給張師傅遞了一包菸。

「謝謝。」

張師傅接了菸，更加眉開眼笑。「蘇老師真客氣，你們儘管去，我看著呢。」

蓴鱸居是華州有名的地方餐館，它地處城西，邊上就是華州著名的旅行景點懷沙湖。蘇珀和青橙吃完飯出來，就到了懷沙湖邊散步。

初冬的懷沙湖水波不興，一彎新月映在水面上，猶如一幅水墨畫。偶有水鳥急急掠過，瞬間劃破畫的靜謐，又轉眼消失不見。

天冷，遊湖的人不多。蘇珀牽著青橙的手，說：「張季鷹辟齊王東曹掾，在洛，見秋風起，因思吳中菰菜羹、鱸魚膾，曰：『人生貴得適意爾，何能羈宦數千里以要名爵！』遂命駕便歸。」

「你才到華州幾天，就想家鄉了啊。」

「家鄉有妳。」

青橙沒想到他冷不防冒出來一句情話，完全不知道要怎麼接。索性顧左右而言他：「那個，今天晚上我住小姑姑家。」

「嗯。妳之前說過了。」

青橙知道他是在暗示她轉移話題，耍賴地一笑，繼續說道：「我小姑姑自從嫁到華州後，我每年都會來這邊一、兩次，小姑姑也很喜歡崑曲。我第一次聽崑曲，就是她帶我去的。」

蘇珀看了她一眼，覺得她待他的態度像是回到了多年前，在那條青山路上，一顰一笑，都帶著點嬌俏。

「妳以前跟我說，崑曲很好聽。」

「你還記得啊？」青橙赧然。

「妳那時說的每一句話我都無時或忘，每日三省。」

「……」

兩人又往前走了一段，剛到一座小橋邊，不遠處就傳來了巨大的落水聲。

他倆同時看過去，青橙還沒來得及看清，蘇珀就已經衝了過去，脫了外套和鞋襪，一頭紮進了冰冷的湖水裡。青橙愣怔了幾秒鐘，當即也跑了過去，邊跑邊掏出手機打電話，她連撥了119和110。

「蘇珀！」她看到蘇珀正拖著一個人往岸邊遊，那人不知是想掙脫他還是抓住他，青橙看得心驚肉跳。好在很快蘇珀就游到了岸邊，路過的其他人聽到動靜也連忙跑過來幫忙，幾個人齊力將水中的女人拉上了岸，蘇珀這才一把抓住岸邊的水泥墩，爬了上來。

被救的女人意識還很清醒，趴在地上嗚嗚地哭泣。

119到得很迅速，現場的人越來越多。

蘇珀拿過消防人員給的毛巾，迅速地擦了擦，穿上鞋襪和外套，拉著青橙避開人群悄悄地走開了。

等坐上車後，青橙搓著蘇珀的雙手，心有餘悸地問：「冷嗎？」

「妳吻我一下。」

青橙確實被嚇著了，此刻他說什麼她就做什麼。但她淺嘗輒止的吻到底不能滿足對方，蘇珀索性用手捧住她的臉，有些野蠻地吻她。

好半晌才放開她。「熱了。」

青橙這會兒還沒回過神，完全是出於直覺地說：「那就好。」

蘇珀的臉上也總算露出笑來。

他看著眼前的人，她被嚇白的臉已經漸漸恢復血色。他輕聲道：「橙橙，等妳畢業我們就訂婚，好不好？」

第二十五章

我念你如初

冬季過半，天已經冷透了。

空中鉛雲沉沉，一副要下雪的樣子。

柏州戲曲學院的小餐廳裡，空調開得很足。青橙和施英英各自點了一碗麵吃。

「讓我跟男神視訊一下。」施英英看到青橙放在一旁的手機，迅速地抓過來晃了晃說。

青橙看準時機，快狠準地搶回來，塞進包包裡。「他現在八成在排戲，忙得很。」

英英沒辦法，只好嘟著嘴塞了口飯，哼一聲道：「小氣鬼。」

青橙無語。「我說真的啊。」

結果，下一秒她就被打了臉——

她坐的位子正對著門口，雖然遠，但也一眼就看到了走進來的人——這個人黑衣黑帽，帽子壓得很低，還戴著墨鏡和口罩。

青橙立刻就認出了是誰，然後心臟猛跳地站了起來。

她不由得往四周看了看，因為已經過了吃飯時間，所以餐廳裡只稀稀落落地坐著幾個人。

等到對方走近，她語帶驚喜地問：「你怎麼來了？」

兩人已經快有十天沒見了。

正埋頭吸麵條的施英英也抬起了頭，看到青橙面前站了個人——身材修長，穿著一件黑色毛呢大衣，再往上想看臉，倒是看不清了，包裹得很嚴實。

施英英想，這貨誰啊？把自己當明星了？

然後她就見這人抬手將口罩扯到了下巴處，認出是誰後，施同學嘴裡的麵條差點噴出來。「咳咳咳，蘇老闆……」一抹嘴也跟著跳了起來。

蘇珀朝施英英點了下頭。「妳好，施小姐。」

「你，你好！」施英英有些激動。「蘇老闆，你叫我英英就行，叫施小姐太生疏了。」

蘇珀笑了笑，轉向青橙說：「劇組給我們放了兩天假。」

「你吃飯了嗎？」

「還沒。」

「這裡的麵條做得挺好吃的，尤其是雪菜麵，他們的雪菜都是自己做的，特別鮮，我去幫你買吧，你等等。」青橙說完就要朝點菜窗口走去。

蘇珀拉住了她，抬手用拇指擦掉她鼻尖上因為吃麵而冒出的一點汗，才說：「那就麻煩妳了。」

「不客氣……那我過去了。」

「好。」

蘇珀很心安理得地讓女朋友去幫他點晚餐，自己則坐在了施英英對面，摘下墨鏡後，很紳士地伸了下手說：「請坐，小施。」

小施：「……」

施英英坐下後，蘇珀又說：「不用管我，妳繼續吃飯吧。」

施英英心說：你坐我對面，我哪還有心思吃飯啊。

她見男神伸手揉了下眉心，忍不住問：「男神，排戲很辛苦吧？」

「還行。」蘇珀對緊湊的排戲節奏已經習以為常，只不過，藝無止境，永遠可以更好。

「要好好保重身體啊，身體是革命的本錢。」

蘇珀誠心地道了聲謝。

「你們最近忙嗎？」

他看似隨口一問，施英英卻沒有自作多情地認為他真的會關心她忙不忙。

她機靈地笑笑，說：「你問的是木木吧。她剛定了畢業作品的演員，已經開始排了。她每次都這樣，明明是高手，還非要先飛，讓我們這群笨鳥簡直望塵莫及。蘇老闆，你……多半也是這樣的人吧？」

「妳把因果說反了。其實只是有的笨鳥先飛了，所以看起來才沒那麼笨。」蘇珀回道。

施英英聽著聽著就愣住了，之前她用類似的話說過青橙，而青橙的回覆可以說是和蘇珀一模一樣。

「你們真的是……天生一對。」施英英嘆服。

青橙回來，坐下後說：「點好了，一會兒服務生會端過來。」

蘇珀笑著應了聲：「好。」

蘇珀長得高，腿又長，小餐桌下的長腿跨在青橙腿邊。

施英英的視線在他們身上來去，一轉眼又看到桌下兩人若有似無地靠在一起的腿，他們也沒有做很親密的動作，卻讓「以學習之名，千片閱盡」的她看得有點不好意思。

施英英吃完麵，就很識相地找了個藉口溜了。

蘇珀的麵上得晚，青橙就在一旁等他。

「一會兒陪我去趟蔡老師辦公室吧。」蘇珀說。

「蔡綺老師？」

蘇珀笑了笑。「嗯。我這次回來帶了些華州特產，說好要給陸老師送去，沒想到，老師說他今天在柏戲陪師娘加班。」

青橙回想起之前在蔡老師面前丟臉的經歷，雖然不至於小家子氣到退縮不願去，但到底還是有些彆扭，她在心裡默念了一句「到處隨緣延歲月」後，咬著牙點了下頭。

「好。」

到了蔡老師辦公室的門口，青橙突然覺出了一點見家長的味道。她腳步一滯，蘇珀回身看她。「怎麼了？」

「沒什麼。」她搖搖頭。

蘇珀禮貌地敲了敲門，來開門的是陸平良。

「就知道是你。」陸老師笑著讓他倆進門。

青橙是第一次見陸老師，也就跟著蘇珀喊了一聲老師。

陸平良雖然快退休了，但身板依然挺拔，也十分慈眉善目。

他看了看青橙，又看了看蘇珀，樂呵呵地問：「這就是青橙吧？」
「是的，老師。她是蔡老師的學生。」蘇珀答道。
「那真是很有緣分啊，哈哈。」陸平良看了面無表情的老婆一眼，笑道。
青橙在心裡比較了一番，覺得陸老師看起來似乎比蔡老師好相處很多。誰知，陸老師下一句就說：「你們倆，以後要是生娃，女娃可以唱旦角兒，男娃可以接你衣缽了。」
蘇珀微笑道：「這得看將來小孩的意思。」
青橙心想：這談話的節奏，也太快了吧？
這時，蔡綺終於開口了：「老陸，你這是讓他們奉獻完自己，還得盡快把孩子奉獻出來啊。」
「我只是未雨綢繆。」陸老師為自己辯解了一句，轉而又說：「蘇珀，你們再坐會兒，等你師娘忙完了，一起去我們家吃個晚餐吧。」
這話一出，青橙心想：才吃過午餐就約晚餐，陸老師確實很未雨綢繆啊。但一直在這兒坐著，壓力真的有些大。這樣想著，她看了看蘇珀。
蘇珀還沒來得及表示，蔡綺就開了口：「行了，老陸，你就別打擾孩子們約會了。」
「陸老師，我們下回再來打擾吧。一會兒我還得回趟團裡，跟陳團匯報下排練的情況。」蘇珀禮貌地說。
「是我糊塗了，那你們趕緊忙去吧。」陸老師站起來送客。
蔡綺也站了起來，把他們送到門口。
「兩位老師不用送了，再見。」青橙微笑著說。

從辦公室出來後，蘇珀牽著青橙往她的宿舍走去。冬日的校園裡，四處都有蠟梅的暗香浮動。

「那我忙好再來找妳。」

他說著，輕輕捏了下她的手指。

十指連心，青橙覺得那種輕輕的酥麻感惹得她的心都顫了一下。

「好。」

她想：自己是真的很喜歡他，似乎，更勝從前。

臨近傍晚的時候，氣溫似乎又降了一些，排練教室的窗戶上已經蒙上了一層薄薄的白霧。好在排練教室裡人多，又有暖氣，大家倒也不覺得冷。

青橙趁著排練的間隙，正在跟演《心猿》的男主角韓辰溝通。

韓辰在雅風崑曲社串過花臉，之前他們在《花朝》中的合作也很合拍，所以這次青橙做畢業作品，第一個就想到了他。

「辰辰，男主的兩面性你一定要把握好——從戲開場到中間高潮部分，男主在工作跟生活中的表現是完全涇渭分明的。他生活的一面是非常樸實的，甚至可以說是有點木訥，他對著女主角說：『妳見我在臺上刁鑽古怪，奸詐狡猾，下了臺我卻不會、不敢跟妳說一句我愛上了妳。』你的情緒一定要收斂，不要激動，這不是表白，這是剖白。」

「好的，我再試試。」

「你慢慢調整，不急，就當玩兒。」

有人笑道：「導演，妳不怕我們把妳的畢業作品給玩兒脫了，妳畢不了業怎麼辦？」

青橙勾了下嘴角說：「放心，我就沒玩兒脫過。大家先休息五分鐘，等會兒再排一次，我們今天就結束。」

蘇珀走進教室時，就看到青橙正在跟一群人說話，她背對著他，腦後扎著一束馬尾，青春且俐落。

他的視線從馬尾移到她身上那件淡綠色的圓領大學T上，記憶裡的一幕因為這抹綠，又一次被翻了出來。

那是她第一次進到他的學校，也穿著類似這樣的一件淺綠色帽T，站在戲校內的湖畔，周圍海棠盛開，滿眼都是春意。

蘇珀站在門邊，看得出神，隨後又搖了搖頭，帶著點遺憾地嘆了一聲。

「後門門口有帥哥在圍觀。」有女生小聲說了句。

很快，附近的人都衝著她說的方向看過去，就看到一個高瘦的男生正靠著牆，一身黑衣黑褲黑口罩，只露出半張臉。

「腿好長，一身黑，酷！」

「可惜戴著口罩，看不到全臉。會不會是已經出道的師兄回校溜達？」

小許導本來正在跟韓辰說話，聽到一身黑、戴著口罩，先是一愣，隨即扭頭看去，一眼便認出了是誰。青橙表面很平靜，心湖卻已經粼粼波動。

她當機立斷地說：「今天提早收工，明天再繼續。大家辛苦了。」

「這麼突然？為什麼？」

小許導說：「給你們提早放行還不好嗎？」

「好好好！」一群人好開心。

大家紛紛收拾東西。有男生動作快，包包也沒帶，拿起桌上的手機就說：「兄弟姊妹們，那明天見。」然後一溜煙就跑了。

有人問青橙：「許學姊，要不要一起去吃飯？」

「不了，我還有事。」

「好吧。那我們走啦。」

「行。」

青橙把劇本和筆往包裡一放，邊放邊去看後門門口的人，隱約覺得那雙眼在笑。身邊的人陸續從前門離開，她往後邊走去。

「怎麼提早來了？不是說好了六點半碰面嗎？」

蘇珀伸手摘下口罩。「思君甚切，所以提早來了。害妳早退了，罪過。」說著幫她提了手裡的布袋，甚至還低頭親了一下她的嘴角，動作一派行雲流水，儒雅端方，親夠了才說：「這是補償。」

青橙的睫毛輕顫了下。「你確定這是補償，而不是占便宜？」

剛說完就聽到前門有人道：「抱歉，我忘了拿水杯。」去而復返的韓辰站在前門門口，一臉的不可言說，拿上東西後低著頭就快步離開了，走出去前還留了一句：「導演，你們繼續！」

小許導：「……」

蘇老闆還問：「要繼續嗎？」

青橙覺得，老是被蘇珀撩，撩得自己總是節節敗退，想她平日裡也算是「千磨萬擊還堅勁，任爾東西南北風」的那種人。她腦子這麼一轉，看著面前的人，就伸出手勾住了人家的脖子，主動吻了上去。

蘇珀沉沉地一笑，惹得小許導的心臟又不受控制了，她不懂技巧，咬了他嘴唇，蘇珀一手擁著她的腰往前帶，兩人的身體一貼合，他的舌也鑽進了小許導嘴裡，勾纏了好一陣才回歸到清風細雨的親吻。

「妳怎麼那麼招人呢？」蘇老闆喜歡得要死，腦子裡那點危險的想法又冒出來了，他咳了一聲說：「吃什麼長大的？」

「你也招人。」

蘇珀很少會大笑，眼下卻笑得十分高興。「妳真厲害。」

「什麼？」

「總是能讓我這麼開心。」

青橙覺得，她再被撩下去非瘋了不可，她認輸，她投降，說：「我們走吧。對了，你把口罩戴起來……」說著，她後知後覺地想到，韓辰是雅風崑曲社的，那他應該是認識蘇珀的。

另一邊，韓辰剛踏出大樓，就被演《心猿》的女主角叫住了：「喂，辰辰，你跑那麼快幹麼？」

韓辰停住腳步，問：「妳之前是不是跟我說過妳也挺喜歡崑曲的？」

女孩子笑道：「我是偽崑曲迷，只是喜歡帥哥而已。」

「喜歡蘇珀？」

「啊。喜歡啊，畢竟蘇老闆冰清玉潤，花顏月貌嘛。還有嚴岩、陸林豐他們。」

「哦。」韓辰嘀咕道：「那妳這顏粉不夠稱職啊，人家在妳面前都沒認出來。還有，妳蘇老闆一點都不冰清玉潤。」

「你說什麼？」

「沒什麼。」

韓辰發現臉上有點涼，然後聽到有人喊：「哇！下雪啦！」

柏州迎來了入冬以來的第一場雪，而且竟然是鵝毛大雪。柏州很多年都沒有下過這樣大的雪了。一晚過後，只見遠山都成了白皚皚的一片，行道兩邊，血紅的山茶、朱砂色的南天竺果、青翠的松針……都披著晶瑩的薄雪。整個柏州一派銀裝素裹，讓人有種疑似夢中的感覺。

青山路的戲校裡，照例天不亮就有人在喊嗓。而天亮之後，校園裡走動的人反而少了，上課的上課，練功的練功。走廊上，有兩三個躲懶溜出來賞雪的，一直探頭探腦，怕被老師發現。

「妳當年突然不學古琴了，是因為我嗎？」

「……是，不過你不用道歉。奶奶也覺得我三天兩頭這麼趕路，太辛苦了。」

「可妳難過是事實。」

一團雪被輕輕地丟到他身上，然後開了花。

「好了，我報復回來了，我現在不難過了。」

她笑得開心。

偷看雪景的學生們趴在走廊盡頭的窗口看雪，遠遠地，就被校園中心湖邊的一對男女給吸引住了目光。男子穿著長過膝蓋的黑大衣，而女子則是一件大紅色長款羽絨外套。一黑一紅，在這純白的天地間，特別耀眼。

「快看，有人在湖邊約會！」

「手牽手啊，這麼明目張膽，不怕被老師抓嗎？」

「啊，他們親到一起了！」

……

雪又大了，教學大樓邊的白茶覆了雪，簌簌地掉落。

湖邊的兩人滿頭滿身都開始變白。

看著他們的學生裡，突然有一個哼起了歌：「霜雪吹滿頭，也算是白首……」

番外一

當年青山路

01

春雨綿綿的柏州，在連著下了近半個月的雨後，天總算是放晴了。

週六的上午，青橙舉著一大把蘆荻下了公車，她是第一次來這邊，所以很陌生。

循著路往前走，只覺得兩邊巨大的行道樹綠蔭如蓋，而每一棵樹的葉子彷彿都吸飽了雨水，蒼翠欲滴。

青橙抱著蘆荻走得很小心，這把蘆荻是去年初冬的時候，她奶奶特地找人去物色來的，荻花濃密，如鬚髯飄逸，插在落地的古陶瓶裡，特別雅致且有野趣。正好古琴老師剛搬家，奶奶就吩咐她送來。

明明老師說桃園社區就在附近，可是她好像已經走了好久，還是沒找到。

「桃園社區，桃園社區到底在哪兒啊……」在一個紅綠燈路口，她有些著急地碎碎唸著。

這時，一道聲音從她身旁傳來——

「倒回去五十公尺，右手邊的那條路進去不遠就是桃園社區。」

青橙只覺得這聲音真好聽，她扭頭看了一眼，就看到一個高高瘦瘦的男生騎在車上，他鼻梁高挺，眼睛很亮，眉毛很直，身上穿的似乎是舞蹈服一類的黑衣黑褲，衣服背後好像還有個字。

青橙想說聲「謝謝」，結果剛好一陣風吹來，吹起了不少荻花。有些花絮正巧跑進了她的嘴巴裡，害得她連嗆了三、四聲，臉都紅了。再看那人時，對方已經騎著車走了，青橙瞇著眼看去，發現他衣服的後面，原來是個大大的「戲」字。

02

黃昏時分，青山路兩旁的濃蔭遮住了殘陽，餘暉透過枝幹間隙暈染在行道兩側的草叢上，幾朵鳶尾紫得發亮。

蘇珀推著車，從戲校門口出來。後輪的輪胎壞了，得去修。

他低頭走在兩個女生的後面。

「自從我們上了不同的高中後，就沒見過面了。」

「可不是嘛。」

「木木，差點忘了問，妳怎麼會在這兒？」

「我的古琴老師剛搬家搬到這附近。」

木木？

這個名字讓蘇珀隱隱想起了一件事情，他抬頭往前看去。

那個叫「木木」的女生比邊上的女孩子更高䠷些，一襲鵝黃色的春衫，白色球鞋踩著餘暉……

「我記得，以前小學的時候，每年六一、元旦的文藝匯演上都有妳的演奏節目。我特別愛聽妳彈《流水》，撸弦撸得特別瀟灑。就這樣……」高高瘦瘦的女生說著，還用手演示了一下。
「哈哈，張倩同學妳別鬧，這叫滾拂。」
「哎呀，妳跟我說了我也記不住。還有那個什麼琴，很古老的那個，妳還在練嗎？還有書法？」
「都還在練。」
「妳真厲害，我光跳舞就覺得好累，妳是打算修煉出十八般武藝嗎？」
「以後遇到初戀情人時，我可以顯擺嘛。他如果要舞劍，我能給他配樂；他要是想吟詩作對，我能幫他現場寫出來。」她的聲音有些甜，但不膩，細細柔柔的。「唉，家裡人費盡心思想讓我多受些藝術薰陶，成為一個優雅的女子，而我卻只想著風花雪月，實在是不務正業，太慚愧了。」
那個叫張倩的女生被她逗得哈哈直笑。
蘇珀雖然也知道她是在說笑，但還是禁不住想：女生的想像力真豐富。
他適時地超過她們，並在不遠處拐向了右邊的路。
他還沒走幾步，就隱約聽到張倩說：「木木，他是戲校的，剛剛就在我們身後，長得好俊有沒有？」
「我沒注意到。」
「那妳快看嘛，啊，他回頭了！」
「……」
那一瞬，四目相接。

很快，蘇珀又回過身繼續往前走。

03

青橙抱著足有她大半個人高的琴出了桃園社區，沒走多久，天就下起了雨。她每週二、四、六上課，今天是來調弦的，包包裡帶了傘，可現在卻沒手拿了。

還好雨不大，她決定快些跑到車站。可是剛跑了兩步，就累得直喘氣。一抬頭，就又看到了那個男生——他依舊是一身黑衣黑褲，這回還撐了一把大黑傘。

這是她第三次看到他了：第一次，他幫她指路；第二次，倩倩非讓她看帥哥，結果她就與他的眼神撞了個正著。

眼下，他正朝她的方向走過來，視線似乎就是落在她身上的。

一滴雨落在她的睫毛上，又散開，頓時，她的眼前朦朧起來。她伸手揉了揉眼睛，再睜眼的時候，他已站在了她的面前。一把傘，為她遮出了一方靜謐的小天地。

「妳叫木木？」

青橙覺得他盯著她看了很久，不知道在想些什麼，於是愣愣地點了下頭。

下一秒，他接過了她懷裡的琴，單手抱住，又替她打著傘。

「去車站？」

「嗯。」

「幾路公車？」

「214路。」

兩人一路並肩前行，青橙用眼角的餘光瞥到他衣服的胸口處繡著兩個字：蘇珀。這應該是他的名字吧，她想。

青橙運氣不錯，剛到站，車子就來了。

他幫她把琴提上了車。等車開動，青橙才後知後覺地想到，自己忘記跟他說謝謝了。又想到剛才她後面有個大爺提著兩麻袋的東西，他也順手幫著提上了車。

車窗外霧雨濛濛，那人依舊站在車站，似乎在等另一輛車，青橙不由得想：他還真的挺……尊老愛幼的。

「蘇珀。」她小聲地念了一遍這個讓她一眼就記住了的名字。

04

蘇珀早晨醒來時，宿雨已止，天上是一輪渾圓的紅日。

才五點，他照例去附近的公園練嗓。

回來經過菜市場，看著魚攤上有新到的鮮魚，就帶上了一尾，又去菜攤買了些蔬菜。

回到家，他先把魚養起來，然後去做早餐。

清粥是早起後用電子鍋先做的，此刻已經煮好，小菜是自製的醬瓜及買來的蝦皮，再煎兩個雞蛋就可以了。

他洗了手，穿過客廳，走到了母親的房門口。

敲門前，他的手頓了頓，回憶起昨晚——

他一回家，就看見母親怔怔地端坐在沙發上，眼睛看向地面，一動不動。

他叫了聲「媽」，卻只聽到她吶吶地說了一句：「我今天好像看到你爸了。」

他的眉頭緊緊地皺了起來。

七歲那年，他父親什麼話都沒有留下就離家出走，之後再也沒有回來。

他跟著母親一直期盼著，直到上了戲校，他終於徹底死心，並冷靜地將自己劃分到了沒有父親的單親家庭小孩的行列中。

「媽，妳是工作太累了吧，去沖個熱水澡，早點休息。」

「不！兒子，我真的看到他了。」

他跟母親對視了一會兒，沒有再說話。良久，她突然像洩了氣的皮球，無聲地落了淚。

蘇珀微微晃了晃腦袋，試著甩去這段令人沮喪的記憶，敲了敲門。

「媽，起床了。」

聽到裡頭有了動靜，他才去廚房煎雞蛋。

吃早餐的時候，母親一句話也沒有說。出門上班前，她才回頭抱歉地看了他一眼，說：「我沒事，你放心。」

蘇珀點點頭，看著她下了樓。

回到房間，他開了窗，然後在靠窗的書桌旁坐下。那一小塊地方被陽光照得發亮，而玻璃臺板下的一張一百塊尤其耀眼。

他扭頭看了看桌前的小鐘，標示星期的地方明晃晃地轉到了紅色的「六」字，回想上週六見到她時，差不多也是上午九點的樣子。

此刻，時間剛過八點，他果斷地抬起玻璃板，從底下把那張錢取了出來，又四顧一番，拿起了床頭那本《詩經》。這本書的借閱期限已經到了，正好也該去學校圖書館還書。

他拿上公車卡就出了門，因為自己的單車在修好的隔天就被偷了，所以這幾天出門都是坐公車。

下了車，公車月臺上冷冷清清的，只有他一個人。

蘇珀打算索性就在這裡等。按他的想法，既然她在附近學琴，那一定會是固定時間到的，自己大概可以如願等到她。

等人無聊，他就隨手翻開了書。夾著錢的那一頁很自然地被翻到，他略看了一眼，發現正好是那首〈蒹葭〉。

蒹葭蒼蒼，白露為霜。所謂伊人，在水一方。

看到這裡，他突然想到，那一天見她的時候，她手裡的蘆荻，不就是蒹葭嗎？

正想著，一輛214路就到站了。車上陸續下來幾個人，她是最後一個。

她一下車就開始翻包包，似乎在找什麼東西，結果手一滑，包裡的東西七七八八地掉出來不少。

他走過去幫她撿。

「是，是你？」她明顯愣了一下，有些驚訝地看著他。

蘇珀可以確定她是不記得他了，不過，這無關緊要。他把東西撿起來後，順手把那張一百塊也夾在她的文具裡，一併遞了過去。

「還給妳。」

她接過時略略愣了一下。「謝謝。」

蘇珀正要離開，她又叫住了他：「等等！」

「這個給你。」她從包裡掏出了一個包裝精美的小紙盒。

蘇珀有點意外。「什麼？」他看著上面的字，似乎是日文，他一個字也不認識。

「一種小點心，我爸出差帶回來的，很漂亮，也很好吃。正好帶了，送你嘗嘗。」接著，她一口氣說了三個感謝的理由：「就當感謝你給我指路，替我打傘，還幫我撿東西。」

說著，她捧起小紙盒遞給他。這時，細草婆娑，鳥鳴啾啾，陽光努力地穿雲透葉，在她的手上落下斑斑點點的金色。

看著她澄澈明亮的眼，細膩白潤的指，蘇珀的嘴角極其細微地向上揚了揚，伸手接過了這份禮物。

05

週二傍晚的時候，青橙下了琴課，就逕直往戲校的方向走去。她的古琴老師不自覺地提了好幾回，說戲校裡有片沿湖栽的垂絲海棠，花開的時候粉紅的一片，風一吹，就落得滿湖都是。

她一直想進去看看。最好，還能再遇到他。

沿著戲校的鏤空圍牆，一大片蔦蘿翻牆而出。透過圍牆巨大的鏤空間隙，青橙邊走邊朝裡頭望去，發現裡面不遠處就是一大片波光粼粼的湖。湖邊植物茂盛，還有幾個學生在走動。

等到了校門口，青橙衝著傳達室的大爺甜甜一笑。「伯伯好。」

大爺看起來挺和藹的，他摘了老花鏡看過來。「小妹妹，妳有什麼事嗎？」

想到古琴老師提到過，戲校一般不讓外人進，於是她靈機一動，道：「我媽媽讓我來找哥哥，給哥哥送點東西。」

「哦，那妳哥哥是誰啊？」

「……是蘇珀。」這所學校裡，她也就只認識他了。

大爺愣了一下，又看了一眼青橙，點點頭。「嗯，你們家人都生得好看。」

「謝謝伯伯！」青橙的嘴像是抹了蜜一樣。

大爺聽著，感覺很熨貼，於是熱心地開始翻電話。「妳等等啊，我給他們班導打電話，看人還在不在。」

「班導？」青橙傻眼了，感覺自己自作聰明扯的謊似乎馬上就要被拆穿了。正當她不知道怎麼辦才好的時候，一個耳熟的聲音響起——

「找我？」

趴在窗臺邊正想阻止大爺撥電話的青橙轉頭就看到了蘇珀。

他今天穿了一套米白色球衣，相比之前的那套黑色練功服，整個人多了幾分斯文和親和感。

大爺樂呵呵地問：「蘇珀，你有妹妹啊？」

「哥！」她也不知道剛才他聽見了多少，為了避免穿幫，只好脆生生地搶先喊了一句。

隨後她看到，被她喊哥的人似乎笑了下，她的臉噌地就全紅了。

青橙跟著他往湖邊走，一路上她一直不好意思抬頭，心裡想著，他人真是好，不光幫著她圓謊，在知道她要看湖之後，還帶她過來。

到了湖邊，只見沿湖兩岸的垂絲海棠開得密密匝匝，如粉霞般一片接著一片。偶有微風拂過，落下的海棠花瓣便開始在湖面上悠遊，兩人沿湖走著，青橙的心也隨著那些漂蕩的花瓣波動著。

「你是學什麼的？」

「崑曲。」

「學戲很苦吧？」
「還好。」
青橙懊惱，說什麼不好，說苦幹什麼呢？應該聊些輕鬆點的。她一直在想「輕鬆點的話題」，結果脫口就來了一句：「你的聲音真好聽。」說完這句話，她臉上本來剛褪下去的潮紅又湧了上來。
「謝謝。」蘇珀看了她一眼，覺得她彷彿與周遭的海棠融為了一體。
兩人一起走到車站的路上，在經過一家賣糯米糍粑的小店時，蘇珀停下來去買了兩份，並把其中一份遞給了她。
青橙有些意外。
「聽到妳肚子叫了。」
「……」
坐上車後，青橙覺得今天還不如不來看花呢……
不對，還是該來。
手裡的糍粑陣陣飄香，她拿起上頭的牙籤，小心地紮了一個送到嘴裡，很軟，很香。
車子一路前行，晚霞已經退去，早月隱約出現在天邊，像一枚淡淡的吻痕。
這晚，青橙做了一個夢。

夢裡面有好吃的糯米糍粑，有海棠，也有他。

06

又是一週的週二，因為需要老師幫忙調弦，青橙又一次抱著琴下了公車。沒走幾步，她就覺得渾身都沒有力氣了，這幾天因為感冒，她整個人昏昏沉沉的。

經過一家燈火通明的藥店時，她想著只喝感冒沖劑可能是好不了了，還是去買點抗生素吃。

她進店拿了藥，等到要付錢的時候，才想起來，之前回家拿琴的時候，她把書包放在家裡了，現在身上只有公車卡，沒有錢。

「算了，我不要了。不好意思。」她咳了幾聲，把藥還了回去。

離開藥店，她迷迷糊糊地往前走了一小段路，又放下琴停下來休息。才一會兒工夫，她眼前突然出現了一盒藥——就是剛才她沒買的那盒。

不會是幻覺吧，她想。

「妳臉色不太好，要不要去看下醫生？」

她記得這個聲音，心口微微地一跳。

抬起頭就見蘇珀正一手藥一手水地站在她面前。一週沒見他了，再次看到他，她心中忍不住地欣喜。「嗨。」

蘇珀剛才正好在挑潤喉藥片，聽到她的聲音看過去時，她已經放下藥走了。店員說小妹妹可能沒帶錢，他就索性一起買下了。

「不用看醫生，就是有點頭暈。」青橙猶豫地接過，發現他連水瓶的蓋子都已經替她擰開了。吃了藥，她又把東西放回包包裡。

「我改天還你錢。」上次他還買了糍粑給她吃。

「一盒藥而已，不還也沒關係。」

「那不行，哪有請人吃藥的……」

他看著她，總覺得她的思路有些……他很淺地笑了下，搖了下頭，不過這回沒有再推，只是伸手幫她拿了琴。

「桃園社區，對嗎？」雖然是問句，但他已經往前走去。

青橙慢了一拍，她跟上去，心想：他怎麼那麼好呢……好到，好到她都想把十五塊的藥錢分十五天還給他了。青橙跟在他後面，身體雖然依舊不舒服，心裡卻暖洋洋甜滋滋軟乎乎的，彷彿一顆糖，被陽光融化在了心間。

07

這天，青橙在學校圖書館裡看到一本《楚辭》，書很老了，頁面都泛了黃。她想起語文老師說過，《詩經》和《楚辭》是中國詩歌的兩大源頭。因為蘇珀，她翻完了《詩經》，於是心血來潮地，又把《楚辭》借了回去。

晚上，她一個人在書桌的檯燈下，翻到了《九歌》篇中的〈湘君〉、〈湘夫人〉。

君不行兮夷猶，蹇誰留兮中洲……

沅有芷兮澧有蘭，思公子兮未敢言……

這些詞句簡直美到無法言說，並且這些神人的愛情竟然真真切切地打動了她。青橙從抽屜裡找出了買了很久卻沒有用過的花箋，端端正正地用鋼筆把她喜歡的句子抄了下來。

最後，她把這些抄了詩句的花箋收起來，塞進一個信封，放進了書包。隔天，她去了戲校，托警衛大爺幫忙把信轉給蘇珀。收回手的時候，她只覺得滿手都是細汗。

後來，青橙只要想起這時候的自己，都覺得有種無知無畏的勇敢。

08

戲校邊有棵櫻花樹，未開花前，淹沒在眾樹之間，一點也不起眼。可這天，青橙再次路過，卻發現它似乎是一夜之間變了色。淡粉色的重瓣花朵半開地綴在枝頭，宛若倚門和羞的少女。

她今天沒有琴課，卻也過來了，看了看時間，離戲校放學大概還有十分鐘。

她站在樹下，想看花，又沒有真的看花，內心的忐忑猶如瀑布一樣，抽刀斷水水更流。

當他出現在視線裡時，她的心彷彿突然跳起了踢踏舞。

不知道他看了信沒有，如果看了，他會怎麼想她，又會怎麼決定呢？

他往她這邊看過來了，她深吸了一口氣，衝他揮了揮手。

只見他朝她笑了下，雖然是很不明顯的一個笑容，卻讓青橙高高吊起的心輕柔得彷彿落進了海綿裡。

他走了過來。「看花？」

「不，等你……」說了一半，她又把話吞了回去，怕一出口，臉又會止不住地紅起來。沉默了一會兒，她只好掏出錢，遞過去。「還錢給你。謝謝你給我買藥。」

他沒說什麼，收了。

兩人一起往公車站走去，路上他用這錢買了一個比臉還大的粉色棉花糖給她。

「今天下課這麼早？」

「……嗯。」

她接了棉花糖，輕輕咬了一口，那甜絲絲的味道一直繞在舌尖，讓她一下子竟不捨得再吃下一口，想著要不還是回家供起來吧……

09

蘇珀到家時，他媽還沒回來，家裡出奇地安靜。

他淘了米，按下煮飯鍵時，不知怎的，又想起了那個站在櫻花樹下的女孩子，想到她那聲脆生生的「哥」。

他想：如果家裡多一個這樣的人，應該會很熱鬧。

10

之後的一段時間，青橙覺得每一天彷彿都活在甜美夢幻的泡沫裡。以至於後來泡沫退去，她花了很多年，都沒能將這段記憶徹底忘卻。

「你頭髮剪這麼短，不冷嗎？」

「還好。」

「你的男同學們也這樣？」

「不一定，也有光頭的。」

「光頭多像小和尚呀，你們小生有演和尚的嗎？」

「……有，反串。」

「你借了《聊齋》？」

「嗯。」

「小心晚上有狐狸精和女鬼來找你。」

「為什麼？」

「因為你是書生啊。」

「那如果是男狐狸或者男鬼呢？」

「那……那就變成女的再來。」

「……」

「這櫻花真好看。」

「這是貴妃櫻，據說整個柏州市就這麼一株。」

「楊貴妃嗎？」

「嗯。」

「記得你說你演過唐明皇？」

「學過《聞鈴》和《哭像》。」

「我想聽你唱……」

「太悲了。現在是春天，不合適。」

「那就等到秋天再唱。」

「……」

11

放學的時候，蘇珀被班導單獨叫去了辦公室。同學們都已經見怪不怪了，因為他太優秀，只要有校外演出機會，老師都會找他。

「厲老師。」

「知道我為什麼叫你來嗎？」

蘇珀想了想，搖了搖頭。

「戲曲演員，臺上一分鐘，臺下十年功，半點也馬虎不得。不是說你天賦高，就可以偷懶，可以心野，可以驕傲的。老師們平時都是怎麼叮囑你們的，你還記得多少？這段時間以來，我一直在等著你自己收心，但是你沒有。」厲老師的每一個字，都好像有千斤重，字字砸在蘇珀心上。他已經明白厲老師沒有明說的事是什麼了。

「還沒出師，心就散了。行，接下來這些話，我就說一次，你聽好了——如果心收不回來，戲也不用學了，趁早回到普通中學去，好好學習，也還能在考大學時搏一搏，沒必要在我們這裡浪費時間。你自己好好想想吧。」

厲老師最後看了他一眼：「走吧，回去好好想想。」等蘇珀出了辦公室，她猶豫了一下，最後還是打開抽屜，把那封壓了半個月的信丟進了腳邊的垃圾桶。

12

這兩週，青橙覺得蘇珀好像突然從人間蒸發了一樣。

這天的夕陽很美，卻老在西邊掛著，總也不肯落下去。就好像還沒等到要等的人，跟他鄭重地告個別，所以只好紅著臉，一直等著。

這是青橙人生中第一次蹺課，來到戲校。她知道他每天都會回家，所以她只要守在大門口，總能等到他。

一撥撥人出來，從越來越多，到越來越少，夕陽都只剩下最後一點餘暉了。在昏黃的光影中，她等的人終於出現了。

「妳怎麼來了，今天不是沒有琴課嗎？」蘇珀有些意外，他似乎很久都沒見到她了。

厲老師找過他以後，他也覺得最近自己會時不時地想到她，心的確是有些野了，所以就沒有再刻意找機會去「巧遇」她，而是認認真真地練功、學習。而這期間，她似乎也沒有再來找過他。

青橙想說話，卻又說不出來，看著他，突然就紅了眼。

「怎麼了？」他嚇了一跳。

「沒事。」她吸了吸鼻子，努力地擠出一個笑。「你最近很忙嗎？」

「嗯。」

她與他並肩走著，腳步很慢，他配合著她，也慢步走著。

路過一家新開的餛飩店，蘇珀說：「餓嗎，一起吃點東西吧？」

等兩人坐下，蘇珀才開口解釋：「最近學校在重排《白羅衫》，選了我當男主角，戲分挺重的。」

所以，只是忙嗎？她看向他。

「而且……」下面這句話，他斟酌了一下。「以後可能沒法像之前那樣跟妳聊天了，對不起……」其實，他也不知道自己為什麼要道歉。

青橙聽著，心好像被什麼東西揪住了，隱隱有些疼。

餛飩上來了，她卻一點胃口都沒有，勉強吃了一個，就放下了杓子。

「你的意思是……我以後不能來找你了嗎？」

蘇珀一時不知道該怎麼回答，只好起了一個比較輕鬆的話頭：「聽說，那部電視劇要上演了。」

他沒有正面回答她，是否意味著默認呢？青橙只覺得腦子一片空白。

「什麼電視劇？」

「妳之前參演的那部民國劇。」

「我沒演過電視劇……」

蘇珀沉默了好一會兒，才語帶抱歉道：「是我弄錯了，對不起。」

短短十分鐘，他對她說了兩次「對不起」。

青橙低著頭想：這可怎麼辦才好……

「蘇珀，你在這兒啊！厲老師到處在找你。」一個剛進店的男生轉頭看到蘇珀，突然衝過來，拉起他就要走。

「什麼事？」

「不知道啊，就很急的樣子。」

蘇珀看了青橙一眼，就被拉走了。

青橙不知在那裡坐了多久，等到落日終於收去了最後的光芒，她的眼睛也隨著天光黯淡下來。

蘇珀怎麼也沒想到，會在那種情況下，再次見到自己的父親。一具冰冷的屍體，躺在素淨的白布下。

「醉酒墜江，淹死的。」

他母親已經暈了過去，而他面對他，竟流不出半滴眼淚。小時候他所有關於父親的記憶，都是酗酒、砸東西。如今他所有的心疼，只是為母親不值。

冷靜地辦完所有的手續，蘇珀依著母親的意思，還是找了一塊市郊的墓地，把他埋了。墓碑上，蘇珀只讓人刻了那個人自己的名字。

從此以後，他和媽媽，跟這個人再無瓜葛。

等蘇珀回到學校，那棵貴妃櫻早已繁花落盡。

番外二

花式見家長

見老許同志

年關將近，終於得以休假的蘇老闆正喝著蜂蜜水潤喉，就接到了嚴岩的電話。

「你？釣魚？」蘇珀奇怪道。

嚴岩在電話那頭長嘆一聲，說：「我也不想的，本來高高興興回老家過年，結果呢，托我大姑、大姨們的福，我不是在相親，就是在相親的路上，簡直沒法活了，相比之下，還不如約你去釣魚呢。兩個大男人總不能去逛街看電影吧？」

蘇珀挺喜歡冬天垂釣的，人少，景好。「行，去靈璧山下的漁場吧，我沒去過，聽人說那裡不錯。」

嚴岩說：「我都沒去過，你定就成。」

因為昨天下了雪，靈璧山頂積了層白，河塘寒碧清冷，陰面有幾處結著厚厚的冰。四周的植物都奄奄一息，沒有精神。只有不遠處幾株蠟梅隱隱透出些許黃色，應該是開了花。

兩人在水邊坐定，架好魚竿。

整個漁場冰天雪地的，就他們兩個人，嚴岩搖頭說：「為了躲避家中三姑六婆的關愛，我簡直是捨生忘死了。你倒好，終於不用再愁被催了。」

蘇珀看著平靜的水面，說：「我還沒跟梁女士說。」

嚴岩意外。「為什麼？怕你媽反對不成？」

蘇珀勾唇笑了下，說：「怎麼會？我女朋友那麼討人喜歡。我怕見了家長後，就想直接結婚了。」怕嚇到小許導。

嚴岩想要直接扔下魚竿走人，另尋活路！

最後，心氣不順的他掏出手機，發了一條微博：「有些人啊，你們根本就想不到他的真面目是怎麼樣的！簡直想斷絕兄弟關係！」

粉絲們的回覆「紛至沓來」——

第一條評論就很犀利：「怎麼了嚴嚴？被『兄弟』欺負了？咱不哭不哭哈。」

後面的評論基本都是大同小異。

嚴岩心說：你們也太善良了，只安慰，都不幫我嗆這位知人知面不知心的不知名兄弟。

沒達成目的的他又轉去微信，在一個名叫「蘭香苑」的微信群裡發——

嚴岩：「有些人啊，你們根本就想不到他的真面目是怎樣的！」

某個跟嚴岩同團的小生說：「誰兩面三刀？兄弟替你收拾他！」

嚴岩：「蘇珀。」

同團小生：「……不熟。」

嚴岩：「不熟？你們之前不還在群裡討論說有機會要合作一部戲嗎？」

沈珈玏：「那啥，嚴岩，這幾天什麼時候有空？一起打球吧，我叫上蘇珀。你們倆好好說說清楚，兄弟之間不要存心結。哈哈。」

其他群成員：「……」

跟嚴岩同團的小生：「沈哥，你交過女朋友嗎？」

沈珈玏：「三年前交過，分了，怎麼了？」

跟嚴岩同團的小生：「你女朋友的分手理由是不是——沈珈玏，你從來都不知道我在想什麼，我想要什麼!?」

沈珈玏：「她說我們不合適，我也不知道哪裡不合適。唉，我還挺喜歡她的。」

其他群成員：「……」

在嚴岩玩手機的時候，漁場裡來了第三個人，是一位穿著黑色長款呢大衣、圍著灰色格子圍巾的中年男人，打扮得頗有幾分三十年代政商大佬的派頭。

大佬走到他們邊上時停了下來。

蘇珀感受到目光，朝大叔看去，微微點了下頭。

大叔開口道：「這樣的天氣還能碰到漁友，難得。」

嚴岩已經放下手機，他生性活絡，自然而然地接上了話：「大叔，您這裝備一看就很高檔，釣魚高手吧？」

大叔道：「釣了有十多年了。」然後指了指前面靠著岸的一條小船。「我去那邊了，你們慢慢釣。」

然後就見大叔優哉游哉地走到船邊，身手敏捷地跳了上去。他鑽進船篷裡，不一會兒就拿出了一頂斗笠、一身蓑衣和一把小竹椅。

嚴岩嘖嘖讚嘆：「看來高手還是這裡的常客。」

他對釣魚興趣不大，自己魚竿上的魚餌被吃沒了也不管，一會兒玩玩手機，一會兒看看其他兩人。

半小時後，蘇珀釣上來了三條不大不小的魚兒，而那個大叔，似乎裝了一次魚餌後就沒再動過，也就是說，這期間一條魚都沒釣上來。

又過了近半小時後，大叔從船上下來了，他從拎著的魚餌桶裡抓了一把紅蟲，在水面上涮了涮，去掉死蟲和雜質。然後取了些紅線，飛快地綁了三、五條，做出了一朵蟲花。

「他在做什麼？」嚴岩不解。

「這種捆法挺難的，魚餌綁好後依然能活靈活現，在水下頭尾一活動，就能引來魚。」蘇珀站了起來。「他要抓魚了，我們跟去看看。」

兩人跟在大叔身後往背陰的冰厚處走去，只見他在冰面上俐落地鑿出一個冰眼，隨後放餌。

沒等多久，就抓上來一條活蹦亂跳的大魚！

嚴岩連拍了兩下手，然後用手肘朝身邊的蘇珀撞了撞。「老蘇，要不要拜師啊？」

大叔聽到了蘇珀之前的話，笑道：「拜師不必，既然能一眼看懂我的手法，說明也是同道中人。平時可以找機會多交流交流。」

此時此景，嚴岩突然想到了「桃園三結義」，雖然不至於提結拜，但加個微信好友還是可以的。

「大叔，介不介意加下微信？」嚴岩是真的覺得這個大叔挺有意思的，之前在船上一派姜太公釣魚的作風，真想要抓魚了，又馬上手到擒來。就跟武俠小說裡的隱士高人似的。

「行啊。」大叔很乾脆地拿出手機，他跟蘇珀道：「你釣魚幾年了？剛才見你釣了不少。我要再不釣一條上來，估計要被你們看扁了。」

「五、六年。」

「也挺久了。以後可以約出來一起釣。」

三人加了好友後，大叔說：「今天天冷，家裡小孩讓我別在外面待太久。我得回了，再會。」

說著拎著那條大魚就走了。

嚴岩說：「這大叔威風凜凜，一看就很有來頭。」他緊接著就去翻大叔的朋友圈，想一探究竟——

大叔的朋友圈只有三條消息，一條是三年前發的，說她女兒以非常優異的成績考進了大學，他很驕傲。第二條是兩年前發的，紀念跟妻子結婚二十五周年。最近的一條是半年前發的，說打算聘職業經理人管理公司，自己退居二線。

嚴岩真心佩服。「大叔真厲害，三條消息，把夫妻恩愛、子女優秀、老子有錢都表達出來了。」

蘇珀說：「別探人隱私了。還釣不釣？不釣就走吧。」

「走了走了，凍死了。我們去喝點東西吧？我請客。」

「我請客，我就不去了，行嗎？」

嚴岩想說，這麼不講義氣，都不陪兄弟，又想，這麼仗義，不去還給我買單。

「你這麼急著走幹麼？你女朋友不是去參加同學會了嗎？」

蘇珀道：「回家喝茶。」

「大哥，你三十歲都不到，要不要過得這麼像退休老幹部？」

當天，老幹部蘇老闆回到家，跟青橙發訊息：「到家了嗎？」

青橙：「嗯，剛到。晚上吃魚。」

然後是一小段魚在水池裡游動的影片。

青橙：「祝蘇老闆年年有餘，心想事成！」

蘇珀低頭看著手機，笑著回了句：「託妳的福，我最想的，已經成了。」

見梁女士

青橙這兩天都在思考怎麼完美地把蘇老闆介紹給自己的家人。可是無論哪種方案，似乎都不夠完美。虧她以前還想，哪一天有對象了，拖到家人面前吱一聲就行了。果然是紙上談兵容易，真上了戰場才知難度高。

如此這般過了幾天。

這天，青橙剛從外面吃好年酒到家，正要進浴室洗澡，蘇老闆就發來了視訊通話的請求。

她掃了眼自己還算整潔的房間，又用手順了下自己的頭髮，才按了接聽鍵。

螢幕亮起，她第一次看到戴著眼鏡的蘇珀。

蘇珀也在打量她，應該是喝了點酒，他想。臉頰有些紅，眼睛也水潤，熠熠生輝。真是可口。

他往後靠在了沙發背上，坐姿更舒適了些，然後念了句：「雲山萬千，知情只有閒鶯燕。」

小許導聰慧過人，自然是聽懂了蘇老闆的意思，一時酒勁上腦，回了句：「我也想你了。很想。」

蘇珀溫聲道：「嗯。再說一遍。」

青橙配合地又說了一遍：「我很想你。」

蘇珀正坐在窗邊的一張單人沙發上，穿著一件寬鬆的米色毛衣，此刻，他靠近了一點螢幕，說：「真乖。我很喜歡。」

青橙覺得被撩得酒勁更上頭了，突然想到什麼，說：「今天奶奶把我的古琴找了出來，我給你彈一首曲子吧。」

說著，她就走到了窗戶邊的古琴前坐下，打開指環扣支架支起手機，翻手就彈起了《酒狂》。還隨口胡謅了詞：「酒杯倒、酒瓶倒、酒缸倒，倒倒倒，倒倒倒，倒倒倒倒……」

此時，梁女士推門進來，恰好聽到。

她滿臉詫異地看了一眼螢幕中宛若酒仙的青橙，又看了一眼認真欣賞的蘇珀，不小心，手裡的杯子一歪，半杯養生湯倒在了手上……

見奶奶

前一日，青橙被突如其來的一齣「見家長」窘得恨不得挖地三尺把自己埋了。好在她心寬，輾轉反側了半個多小時之後，還是一覺睡到了大天亮。

起床吃完早餐，她就陪奶奶去了花鳥市場。這會兒，市場裡已經忙碌開了，店主們忙著算錢，員工們忙著打包，熱火朝天的樣子總是很能感染人。青橙剛挑了幾枝跳舞蘭，就收到了蘇珀發來的消息：「醒了嗎？」

她笑著回了聲語音：「嗯。」

沒想到緊接著他的電話就打過來了。

「起得挺早。」電話那頭的聲音裡帶著笑，聽得青橙耳朵有點酥麻。

「奶奶想買盆栽，我陪她來花鳥市場，自己也順便挑些花材回去。」青橙說著，又看看邊上的紅豆，飽滿圓潤，十分可人。

「開車了嗎？」他問。

「沒，等會兒叫個車就行。」青橙自從出過一次車禍，又在自家巷子口差點撞到一個亂竄的孩子之後，就盡量不自己開了。

「那你這單我接了。」

「啊？」

青橙一下沒明白過來，結果又聽到他說：「那許小姐，待會兒見。我車牌末三碼是789。」

他這是要來接她嗎？青橙扭頭看了眼正在猶豫要不要再買一盆白色紫羅蘭的奶奶，不知道一會兒該怎麼介紹蘇珀。

許老太太選得不多，很快就招呼青橙說：「橙橙，可以叫車了。」

「……已經叫好了。」

店主用小推車幫她們把套上了尼龍袋的盆栽推到路邊。老太太見車還沒來，就又跑到邊上的鋪子裡背著手東看西看。

沒一會兒，青橙就看到了蘇珀的車。他靠邊停下，從車裡出來，看了眼青橙腳邊的盆栽。「就這幾盆是吧？」

「嗯。你怎麼這麼快？」

「想找妳吃早餐，打電話給妳的時候，已經在這附近了。」

「你還沒吃早餐？」

「等妳陪我吃。」

說著，蘇珀打開後車廂，把盆栽一一搬了上去。青橙想幫忙，卻被他抓住了手。

「不用。」

等許老太太走出來的時候，蘇珀剛好把所有的花都搬上了車，又服務周到地給她們倆開了後座的門。許老太太看到這個年輕英俊又斯文有禮的司機，頓時眼睛亮了亮。

三人上了車後，蘇珀從副駕駛座上拿了一袋東西遞到後方。

青橙接過一看，裡面有礦泉水、果汁和牛奶。

許老太太接過孫女遞給她的水，心想：這司機服務實在是周到。

「小夥子，你是專職司機嗎？」老太太忍不住問。

蘇珀笑了笑，回：「業餘的。」

一旁的青橙剛喝了一口牛奶，差點噴出來。

一路暢通無阻，車子很快就到了香竹巷。這一次，蘇珀直接把車停到了許家門口，然後下車幫忙把盆栽一個個地搬到院子裡，連青橙的幾束花材也幫忙抱了進去。

冬天的院子裡，樹枯草凋，一放上幾盆花，馬上就熱鬧了起來。蘇珀放下最後一盆，環顧了一下四周，感覺院子雖然不大，但牆頭的修竹、地上小徑，還有小徑兩邊的石燈，都是經過主人精心布置的，十分雅致。

許老太太十分欣賞熱心腸的年輕人，拿出家裡的幾個金橘塞到他手裡。「謝謝你了小夥子。其實這點東西我們自己搬就行，耽誤你時間了。」

蘇珀接過金橘，笑著道謝，又說：「小事而已。」

「丫頭，妳送送這帥小夥兒。謝謝人家啊，人太好了。」

青橙：「……奶奶，不送了，讓他在家再坐一會兒吧。」

許老太太：「嗯？」

青橙見邊上的蘇珀正笑著看她。

青橙：「奶奶，他是我男朋友。」

剛進門的老許同志：「……」這不是前不久剛加微信好友的漁友嗎？

蘇老闆看到老許同志：「……」

我念你如初
I miss you all the same

番外三

我的初戀情人

舞臺上，一場場繁華的歡宴過後，所有的燈光暗下，獨留一盞追光燈照向一人做戲中戲的表演，如此反覆，將故事推向高潮。

在一片茫茫白雪的舞臺特效中，蘇珀飾演的賈寶玉披著猩紅的袈裟，踽踽而行，無比蒼涼……眼看他起樓臺，眼看他樓塌了。一曲《紅樓夢》的悲歡與夢幻，通過崑曲優雅的表演，投射到了每個觀眾的心底。

《紅樓夢》首場公演圓滿落幕。謝幕時，各個主演分別恭請自己的指導老師出場，與老師一起向觀眾謝幕。那一刻，全場觀眾集體起立鼓掌。指導老師們一個勁兒地把年輕演員們往臺前推，自己往幕後退，但演員們又把各自的老師拉回來……這樣的傳承感讓臺下的觀眾分外感動。

這次的崑曲《紅樓夢》演出得到了大多數崑迷的認可，各方評論雖然有捧有刺，但總體上還是較為肯定這次新的嘗試。一個多月來，主要創作者們頻繁地受邀，去各大網站和電視臺做各類深度訪談。

在最近的一次採訪裡，嚴岩自曝，從小在家裡沒吃過什麼苦，全班最怕疼的就是他，可偏偏第一個練骨折的也是他。說起這個「第一」，他還特別自豪。

同時，他還調侃蘇珀，說他變聲期的時候，老師一直擔心好好的一棵小生苗子就要這樣夭折了。

主持人問蘇珀：「有沒有想過如果幹不了這行了怎麼辦？」蘇珀沉默了一會兒，說：「考大學。」

林黛玉的扮演者顏芃適時補充：「你長得這麼帥，就算沒了嗓子唱不了戲，也可以往影視方向發展。」
主持人聽後表示，他們都是一群明明可以靠臉卻偏偏要靠才華的年輕人。
戲迷提問時間，嘉賓每人回答一題，問題由主持人隨機抽取。
其他人抽到的都是與崑曲表演有關的問題，只有蘇珀，被問到了個人問題——
主持人：「請蘇老闆談談你的初戀情人。」
蘇珀低頭，彷彿在心中反覆咀嚼著過往的點點滴滴，最終只說出了兩個字：「很甜。」

熹光微暖，晨風撩起一簾綺麗的夢。
青橙側著腦袋，瞇眼偷看枕邊人，在心裡描摹著他的眉、他的睫毛、他的鼻梁、他的嘴角……回想昨晚，開始的溫柔，之後的驚心動魄，青橙覺得自己彷彿化身成水上的浮萍，隨波沉浮。
蘇珀濃密纖長的睫毛微微顫動了一下，青橙不自覺地伸手去觸碰，輕輕地、小心翼翼地，就像小時候去撩燭火一樣。
然後她的手就被牢牢抓住了。
青橙紅著臉說：「你醒了？」
他睜開了眼，湊到她耳邊，低聲說：「五點多就醒了。」
這個距離下，連呼吸聲都像被放大了一般，有一種聲音震動帶來的酥麻感。
青橙輕輕地推了推他，又突然想起他們崑曲演員是有早起練功的習慣的。她轉頭去看床頭櫃上的鬧鐘，現在已經快十點了……

「色令智昏……」她咬著牙喃喃。

他含笑看著她。

「我說我自己……竟然一覺睡到了這個點……」她說著，一頭紮進了被窩裡。

隔著薄薄的被子，她聽到了蘇老闆毫不克制的笑聲。

十一點左右，童安之和沈珈玏率先到了蘇珀的家。

「蘇哥，恭祝喬遷大喜！」童安之一進門就開啟了參觀模式，一番查看之後得出結論：「這都是按照青橙的喜好設計的吧。」

「她的喜好就是我的喜好。」蘇老闆淡定地說。

童安之大呼受不了。

蘇珀給童安之跟沈珈玏泡上茶後，童安之就拿出手機晃了晃，說：「昨天，蘇哥你去柏戲看青橙的畢業演出被拍了。」

青橙正忙著在群裡問剩下的人什麼時候到，聽到這話，抬頭就問：「被拍了？」

「嗯啊。」童安之笑咪咪地打開手機。「我一早在蘇哥的微博超話裡看到的。我念給你們聽哈……」

「蘇珀正襟危坐的樣子真帥！」

「啊，我蘇神竟然沒有戴口罩！帥啊，我不行了，你們都來扶著我……」

「趙南轉拍電影算是成功上位了。蘇老闆是不是也要轉行演話劇了？」

「蘇老闆的《紅樓夢》演出那麼火，正是當紅的時候，怎麼可能！」

「蘇老闆八成是來看女朋友的，你們看他那眼神，分明就是戀愛中的溫柔桃花眼……」

讀完這條，童安之抬頭看向蘇珀。「這個粉絲眼光犀利。」

蘇珀本來就想找機會公開，乾脆擇日不如撞日，他拿出手機，直接找出那條評論，轉發了，並附上了兩個字：「是的。」

童安之刷新一看，驚呆了。「蘇哥你也太神速了吧，說公開就公開？」

蘇珀慢悠悠地回了句：「已經很慢了。」等到她畢業才公開。

青橙：「……」

很快，大隊人馬就來了。不僅有林一他們那些師弟師妹，還有新調來柏崑的張峻一，他還是蘇珀當年戲校的同班同學。他一進門就給了蘇珀一個熱情的擁抱，然後神祕兮兮地堵在門口，說：「蘇珀，今天還有一個人跟我們一起來了，你猜是誰？」

蘇珀思考了一圈，想不出有什麼特別的人物。

大家賣足了關子之後，自動讓出了一條路。

蘇珀抬眼一看，居然是厲老師——他當年的班導。

厲老師在戲校是出了名的嚴厲，一如她的姓。但從來沒有一個畢業後的學生討厭她，因為大家回想起來，都能回味出她的好。

「蘇珀。」厲老師一身休閒裝扮，笑著走到蘇珀面前。

等進了門，厲老師卻沒有跟大家一起立刻坐下，她走到蘇珀面前。「能借一步說話嗎？」

蘇珀一愣，想了想就把她領到了陽臺。

陽臺門一拉上，暫時隔開了屋內的歡笑聲。

「不好意思，不請自來。」厲老師微微一笑。

「不，是我的疏忽，沒有常回去看看老師。」

「今天來，我是有樣東西要還給你。」厲老師說著，從包裡拿出了一封信。

蘇珀疑惑地接過，打開信，發現裡面是幾張別致的花箋，但大概因為放久了，有些返潮發黃。

「當年我原本是把它扔了的，但後來我想，每個人的青春都值得珍藏，所以我又撿了回來，替你收著。今天，是還給你的時候了。」

厲老師說這幾句話的時候，空中原本濃厚的層雲漸漸散開，幾縷金絲般的陽光從雲後投射出來，把蘇珀手裡的那封信照得格外亮眼。

「上回嚴岩來看我，他跟我說，你現在的女朋友，是你念念不忘八、九年的女孩。我猜，應該就是她了。」

「當時您訓我的時候，我其實還沒明白，直到再次遇到她，我才知道，其實她……」

蘇珀看了一眼當年她娟秀的字跡，心裡有些抑制不住的悸動。「就是我的初戀情人。」

驀地，雲開日出，陽光突然敞開了懷抱，把整個大地都擁抱了起來。他收起信的同時，陽臺門被敲響，青橙站在玻璃門內，衝著他們招了招手。

蘇珀打開門，把屋裡的笑聲全放了出來。

「我們都準備好啦，你快跟老師一起來吃火鍋吧。」她走到蘇珀身邊說。

厲老師看著兩人，笑了一下。「那我先進去了。」

「老師跟你聊什麼了？」她悄悄問。

「聊《楚辭》。」他牽起她的手。

「啊？」

此時，日光在陽臺的白牆上投下一雙人影，像極了一齣溫柔的小戲。

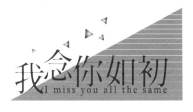

番外四

喜歡妳才逗妳

歲月像一隻靈巧的小鳥，一展翅，穿過春天的暖陽，轉眼就已經從下一個冬日人們哈出的白氣中鑽了出來。

這大半年間，青橙考進了柏州話劇團，蘇珀除去國內的演出，還去國外表演了新編舊戲《灌園記》，而童安之則在中秋過後辭去了團裡的工作，甚至，眼下就要結婚了……

此刻，青橙就站在金碧輝煌的酒店大廳裡，她是一下班就趕過來的。新娘看到了她，立刻笑著迎了上來。「小許導來啦，來來來，簽到簽到。蘇哥還沒到呢，你們怎麼沒一起來？」

「公司方向不同嘛，我們就各管各了。」青橙說著掏出紅包遞過去。「祝妳跟陸大老闆百年好合，白頭到老！」

滿面紅光的新娘和新郎官沒接紅包，新娘說：「妳蘇哥已經轉錢給我了，出手闊綽，承包一桌子的人都夠了，妳就不用了，趕緊收起來吧。」說著直接把紅包塞回了青橙的口袋裡。

青橙見她很忙，也就沒再多說，讓她去招呼其他客人。

「那妳自己進去吧，隨意找位子坐。」

「好。」

宴會廳裡暖氣開得很足，青橙一進去就覺得暖烘烘的，她忙了一天，加上昨天晚上又睡得晚，一坐下就忍不住打哈欠。大庭廣眾之下，她也不好趴下就睡，便撐著腮幫子瞇著眼休息。

有一家三口坐到了她邊上，抱著孩子的媽媽跟她打招呼：「妳好，美女。」

青橙端正坐姿。「你們好。」

「一個人？」

青橙這時看到了門口進來的人，一件黑色的長外套搭在手臂上，她不由得露出笑，笑眼彎成月牙，聲音清甜：「不是，我等我男朋友呢。」

蘇珀進門一掃，也看到了她，三兩步跨了過來，那抱著孩子的媽媽眼睛一亮說：「哎喑，妳男朋友真帥啊。」

青橙向來落落大方，同意地點頭說：「是的。」

蘇珀已經坐在了她旁邊，朝那對夫妻點了下頭。

「來多久了？」蘇珀問。

「剛到一會兒。」

「兩天沒見了。」前兩天蘇老闆去外省演出了，今天下午剛回團裡。蘇珀拉起她的手，也不管別人會不會看到，就親了下她手心。

青橙的耳朵還是紅了，心想：自己修煉得還是不夠啊。然後瞄到邊上的那對夫妻都非禮勿視了。

蘇老闆親完，還笑著用拇指撫摸了一下她的臉，說：「怎麼還臉紅了？」

「……」

特意趕來參加婚禮、剛巧走過來的嚴岩聽到了這兩句話，一臉戲謔地說：「我說老蘇，你怎麼老逗你女朋友呢？」

「不然逗誰？」

一個男人愛一個女人才會去逗她。

嚴岩搖頭感嘆：「記得以前在戲校讀書的時候，你可沒這麼流氓，說你冰山美男都不算誇張。」

青橙想起那時候，說：「我覺得那時候的蘇老闆也挺暖的。」

嚴岩嘖嘖有聲：「情人眼裡出西施。」

蘇珀笑著順了下青橙的頭髮，沒說什麼。

他看著宴會廳，滿目都是深深淺淺的粉，到處都是極其逼真的模擬櫻花和蝴蝶的剪影，以及輕紗的垂簾，心裡想著，不知道她喜歡什麼樣的婚禮？

當天，喜宴結束後，蘇珀帶著青橙向醉醺醺的新人再次表達了祝賀，隨後道別。

他想起很久以前，她脆生生地叫他「哥」，他想，如果家裡多一個她，該多熱鬧、多好。

那時候，家裡真的太安靜了。

兩人上了車，青橙的手有些涼，蘇珀便又去親她的手，接著是額頭、嘴唇。

酒席上青橙喝了不少紅酒，酒香醺臉，粉色生春，此刻又被蘇珀一番撩撥，雙目含水。

蘇珀看著懷裡的人，覺得自己真是自作孽不可活。

他將手指點在她微張的嘴邊，輕聲說：「橙橙，含一下？」

青橙便張開嘴輕輕含住了。

蘇珀心想：簡直不能好了。

車子開到社區後，蘇珀見青橙已經迷迷糊糊的，就索性打橫抱起了人往家走。

青橙用僅剩的一點理智難為情道：「蘇珀……我能自己走。」

「不要動。」

到家後，蘇珀開了客廳的燈，臥室沒開燈，只有窗外的燈火餘光。

他把人放到床上躺好，替她蓋好被子，沾上床的人簡直像入了水的魚兒，舒服得就想游入深海冬眠。

「下次不要喝酒了。」

蘇珀去廚房倒了一杯溫水，回到臥室就看到青橙側身抱著被子，一條腿伸在外面——藍色的窄管牛仔褲裹著腿。

他放下水杯，伸手到被子下面，一顆顆地解開她毛衣的鈕扣，等幫她把厚毛衣脫去，他又去解她的牛仔褲，扣子扣得有點緊，他解的時候不免碰到她的皮膚，細膩、溫潤，那溫度從指尖傳到他心口。

青橙的眼睛沒睜開，悶聲道：「蘇珀？」

「嗯。」

「你在幹麼？」

「幫妳脫衣服，妳睡覺會舒服一點。」

她撐開一點眼皮，稀裡糊塗地呢喃：「睡覺？你要跟我睡覺嗎？」眼前朦朧的身影沒回答她，她感覺腹部的手離開了。

蘇珀俯身下去，在她嘴脣上方，瞇著眼說：「別再招我了好嗎？我不想欺負神志不清的人。」

小許導意識混沌，微弱地吐著氣。「可我喜歡你啊，我想抱抱你。」

她沒聽到聲響，卻感覺到自己亂動的手被按在了身體兩側。

蘇珀撐在她上面看了一會兒，然後低下頭吻住了她。青橙被吻得缺氧，下意識地往旁邊挪去。

「跑什麼？」蘇老闆一把托住她的後腰把人弄了回來，所有的有禮有度、文質彬彬此刻都散了個乾淨，他低沉地笑道：「不是說想抱我嗎？」

蘇老闆開始脫衣服……外面不知何時竟下起了雨，在這個缺雨的季節，夜雨敲了半晚的窗。

番外五

愛情最初的模樣

蘇珀已經很多次在話劇團門口等小許導一起去吃午餐，或晴天，或陰雨。他每次看到她朝自己走來，一向平靜的心總彷彿被什麼輕輕地撥動。

青橙一出大門就看到了熟悉的車，還有人。蘇珀身長腿長，穿著一件卡其色的風衣，站在一棵高大的玉蘭樹下。

她加快了步子小跑過去，蘇珀也迎著她走了兩步。

「不用跑。」

蘇珀又想起昨天晚上做的夢——

他走過一幢幢白牆青瓦的房子——那是柏州老城區一帶老房子的特色。最後他在一扇敞開的木門前停下，因為他找到了他要找的人。她穿著一套白色的運動服，高高地捲著袖子，正趴在桌子上吃麵，身後是鬱鬱蔥蔥的植物。她的面前擺著一臺老式的電視機，正放著少兒節目。

她抬頭看向他的時候，眼睛彎彎的、亮亮的。

再後來，他們出現在了青山路，周遭濃蔭滴翠，蟬鳴陣陣，卻唯有那一縷嬌俏的女聲，聲聲入耳。他轉頭看去，滿眼都是她的笑。可走著走著，她就不見了。

他睡得很淺，等完全清醒過來後，他就一直在想那盛夏深綠中的一抹白，以及後來找不到人的空白。

一幕讓他心動，一幕讓他心慌。

他想到自己剛二十歲的那年，經過一家琴行，那會兒他已有點積蓄，也不知道想到了什麼，就走進去問老闆，有沒有教古琴的老師。老闆說有，他便報了名。他也不是真的想學有所成，加上自己也忙，就當興趣學著，不過沒一年，那位古琴老師因身體緣故不再教課，他的琴也就學到了這裡。

「青橙！」

青橙剛走到蘇珀面前，就聽到有同事在她身後喊她。蘇珀也跟著看去，是一個身穿橙色大衣的白淨男子。

「梁哥。」青橙客氣地打了聲招呼。

叫梁哥的男子之前見過蘇珀，對蘇老闆說了聲「你好」算打招呼，然後把手上的一把折疊傘遞給青橙。「妳之前借我的，一直忘記還妳了。剛才老陸說天氣預報顯示等會兒要下雨，妳帶著。」

「哦，謝謝。」青橙說：「其實沒事，我男朋友車上有傘的。」

梁哥說：「該我謝妳才對。那沒事了，我走了。」

蘇珀比梁哥高一點，但年紀看著相仿，等對方轉身離開，他就攬著青橙往車的方向走去。

他上次來接人，就看到小許導在幫那人撐傘，最後她看見他，便把傘給了對方。而當時，那人站在雨裡，目送他們車子啟動才走。

有時候，男人的直覺比女人還準。

小許導不知道蘇老闆在想什麼，有點出神，實屬少見。所以她調皮地說了一句：「佳人在側，你竟然走神。」

「我在想佳人。」

「……」說不過，說不過。

蘇珀又問道：「妳的同事都知道妳這位佳人名花有主了嗎？」

小許導很坦白：「當然。就算我不說，你時不時來找我，也都知道了。」說著，她想起一件事，笑道：「我有一位女同事是你的粉絲，知道你是我的男朋友後，昧著良心說我們很配，然後我請了她一頓火鍋，她就真心誠意地說我們很配了。蘇老闆，你的粉絲也太沒骨氣了吧！」

蘇珀忍俊不禁地搖了下頭。「我們本來就配。」他聲音沉緩，但細細去聽，裡面都是柔情。

蘇老闆看著身邊的人，心裡實在是喜歡得不行。所以沒等到上車，就親了她。

蘇珀又想：這謙謙君子做起來，也真是有點累。所以，不做了。

這晚，青橙回家陪奶奶，睡前收到了蘇珀的一條簡訊：「以後別再幫別人撐傘了。」

她不明所以，回：「什麼？」

蘇珀：「不記得就算了。」

既然蘇珀這樣說，青橙也就不再多想了。

蘇珀那邊，給小許導發完簡訊就去洗澡了，邊洗邊覺得自己剛才發出去的簡訊有點一言難盡。等他洗完出來，套上浴袍，看著鏡子裡的自己，身材頎長堅實，面容也是別人說的英氣十足。他看到手機裡有小許導的一條晚安簡訊，想了想，拍了一張自己的上身照，發了過去。

已經迷迷糊糊快睡著的青橙看到那張照片，又完全清醒了。

其實，蘇珀就是浴袍的衣襟處露出一點胸膛，其他都很正常，頭髮溼潤地垂在額頭上，表情也很放鬆。

但再正常，這種行為發生在蘇珀身上，多少會顯得不正常。

所以青橙弱弱地問：「蘇老闆，你怎麼了？」

「好看嗎？」

「……好看。」

「送妳了。」

青橙不知蘇老闆的小心機，只默默保存了圖片，想著以後看不到人的時候可以看照片解饞，心裡美滋滋的。

我念你如初
I miss you all the same

番外六

待到春花爛漫時

蘇珀在網上不是沒被人黑過。

但這次，黑他的點，讓他有點不爽——

「你們難道不知道嗎？蘇珀的女朋友家裡特別有錢，當初蘇珀排演的園林版《玉簪記》場地就是他女朋友家的。他一向喜歡有錢的女人。他以前的女朋友也都有點家底，不過都沒現在這個牛×。呵呵噠。」

蘇老闆也挺想呵呵噠，他就交過一個女朋友，何來「以前的女朋友」？

他一向不愛在網上發私生活的東西，也極少會去特意澄清一些關於自己的不實傳聞。而此刻，他覺得挺有必要的。所以他轉發了這位網友的微博，並說了一句：良田千頃，日餐不過一斛；華屋萬間，夜臥不過五尺。我有吃有穿有事業，何必？

他一轉發，評論區立刻就爆了。

粉絲1：我家男神會貪財？笑話！

粉絲2：多少影視劇導演找過他，但都被拒了好嗎？做明星不比當戲曲演員賺錢？

粉絲3：若非真心，雖富有千金，吾男神不動焉；若心念繫之，雖千萬人誤解，吾男神勇往矣！

粉絲4：看了我男神，我終於明白什麼叫「人不知而不慍」了，這就是君子啊，哈哈，我家男神我驕傲！

……

不到一小時，輿論已經被蘇珀的粉絲控場，只不過蘇老闆並不知道，因為他在發完那一條之後，就放下手機，進了眼前的大樓。

此時，弦月高掛，大樓被籠罩在一層朦朧的月色裡，頗有幾分曖昧不明的味道。陸續有人從樓裡出來，蘇珀偶爾聽到幾句，說的都是《再見越人歌》這部話劇。看來，她職業生涯第一部劇的首演剛散場，而口碑，似乎還不錯。他欣慰地揚了揚嘴角，走進了去往十三樓小劇場的電梯。

劇終人散，青橙藉口還有事兒沒和家人一起走，還特別有風度地在後臺一一送別了所有的演職人員。

等到劇場空無一人的時候，她獨自一人走上臺，在當中站定，忙碌了這麼久，結果總算還令人滿意。她想著，望向那張她給他留的位子——即使他在外地演出，無法親自趕來觀看，她也給他留了位子。

劇場的入口傳來清晰的腳步聲，答答答，由遠及近。

青橙抬起頭，正疑惑著還有誰沒走。等到看清來人，她的臉上滿是不可思議的神色。

「你……你不是要明天才回來嗎？」

這句話出口的同時，她突然就想到了半年前，她生日那天，他在北京有《紅樓夢》的演出，說好第二天回來為她補過生日，結果他生生在晚上十一點四十五分的時候出現在了她面前。

也是那天，他正式地跟她求了婚——

她記得那時的月光，如被細紗籠罩般朦朧；記得那相疊的玫瑰花瓣，如塵世中因相逢而印合的心；記得他那雙專注溫情的眼睛，讓人面對它時無從偽裝，只能從心底答一聲：好。

「等不到明天，所以趕回來了。」

兩人十指相扣，慢慢地往停車的地方走去。

青橙抬手指了下前方。「前面就是青山路了。」

「是。」蘇珀望著夜色濃蔭下的青山路，輕不可聞地說了句：「當年，我找過妳。」

「你說什麼？」青橙沒聽清。

他收回目光，看向眼前人，微笑道：「謝謝妳還在。」

蘇珀跟小許導的婚禮定在了隔年開春。

雖然還有一段時間，但青橙只要有空，就會跑來崑劇團找蘇珀商量請帖的花樣、婚禮用花之類的事。

這天，她趁著中午休息的時間又溜進了崑劇團。

沒想到平時中午冷冷清清的崑劇團，今兒格外熱鬧，似乎所有的演員都聚到了一起，甚至連已經告別舞臺的童安之都到了。

看著院子裡反常地站了這麼多人，青橙直覺地往回撤了一步，想著是不是該暫時迴避下。誰知童安之眼尖，一下就喊住了她：「小許導！」

演員的嗓子就是亮，她這金口一開，所有人都往她這裡看了過來，她退無可退，只好走了過去。

蘇珀看到她過來，伸手就攬住了她，並自然地親了下她的頭髮。

雖然崑劇團的人都已經習慣了蘇珀對待小許導的態度，但林一小同志還是代表大家發表了一句：「蘇哥，注意形象。你的戲迷們可總是誇你高貴冷豔的。」

蘇珀絲毫不受影響，不鹹不淡地回了句：「有嗎？」

「粉絲濾鏡太厚了！是吧，小許導？」童安之笑問。

青橙點頭，心想：可不，風流痞氣才對，少女時期的自己怎麼就沒察覺出他有這種特質呢？

但嘴上還是極為得體地問：「你們這是……有活動？不方便的話，我……」

「哎呀，有什麼不方便的，且不說妳是我們半個同行，只說妳是蘇珀的媳婦，妳就是團裡的一員了。」童安之作為編外人員，起鬨的勁兒更勝當年。

大家紛紛附和，倒弄得青橙不好意思起來。

「因為有一年年底的團拜搞反串很成功，所以團裡長官想要做一場反串晚會回饋觀眾。」蘇珀不理眾人，言簡意賅地跟青橙解釋了大家正在幹的事。

此時，童安之突發奇想，提議讓蘇珀跟張峻一搭檔。

「好好好。」一旁的張峻一畢業以後就沒有跟蘇珀同臺演過戲，調來柏州崑劇團之後兩人也都是各自排戲，被童安之這麼一說，確實有些技癢。「可是，演什麼呢？我倆都是小生，如果按照反串的規定，得演倆女的。」

「《牡丹亭》？」有人提議。「可誰演春香呢？」兩個實力相當的演員，似乎讓誰屈尊當丫鬟都不太好。

小許導的腦子裡突然冒出以前研究崑曲資料時看到過的一部戲——

於是她說：「《憐香伴》（註4）怎麼樣？」

蘇珀：「……」

張峻一：「……」

「哈哈哈哈，這個好，這個太好了！」其他人一下子炸開了鍋。

童安之笑得花枝亂顫。「要是他倆能串這齣，估計抽不到票的粉絲會扼腕好幾年的。」

「抽不到票？」青橙不明白。

童安之解釋：「這次的戲票，團裡打算用微博抽獎的形式送給戲迷，不公開出售。哈哈哈，哎唷，不行，笑死我了，兩位帥哥，就這麼定了吧！」

張峻一哭笑不得，但他也是個相當會玩且玩得起的人，於是心一橫，道：「行吧，大家開心就好。」

至於蘇珀，既然是女朋友的提議，他無論如何也得認了。

這時候，童安之眼珠子一轉，轉到許青橙身上，盯著看了幾眼，突然開口道：「我

註4 《憐香伴》是李漁寫的一齣百合戲。

想演丑，可沒人跟我搭檔。小許導，要不妳來給我配戲，樂不樂意？」

「什麼？我？」青橙以為自己聽錯了。

「對呀，我是編外，妳是家屬，我們剛好湊一對。」

「可我根本不會唱啊。」

「這有啥，反正不賣票，大家就為戲迷們逗個趣。否則我也不會在這兒了，對吧？我們就演《雙下山》。妳近水樓臺，讓之前串過小尼姑色空的蘇老闆教妳嘛，就唱一小段，他熟的。」

青橙還想開口推辭，因為她覺得自己是無論如何也練不到上臺標準的，結果蘇珀卻突然說道：「行，我教她。」

青橙瞪大眼睛看向蘇老闆，想到自己前一刻提議的《憐香伴》，心說：這報復來得也太快了吧！

話說到這分上，青橙也不想掃了大家的興，說：「那，我試試？」

童安之開心得直拍手。「我真是太期待了。」

當天，青橙跟著蘇老闆回家的時候，鄭重請求：「你教我的時候，不能打我，不能罵我，不能嫌我笨。不然我就不學了。」

這徒弟的要求還挺多，不過誰讓徒弟還是媳婦呢，蘇老闆溫柔一笑。「好。」

自從那天下午青橙答應了童安之要幫她一起演《孽海記．下山》裡頭的一小段之後，心裡就一直像壓了一塊大石頭。

儘管蘇珀嚴格遵守了「不打不罵不嫌笨」的承諾，而且還十分溫柔，溫柔到……此刻她的頸邊又縈滿了他的氣息。

「左手再往上，對，頭轉過來，再往左一點點……」

那氣息漸熱，然後便似活了一般，一溜兒蜿蜒著就到了她的鼻尖……

「我有個問題要問你。」青橙對上蘇老闆的眼睛。「只有兩週時間，你真有把握教到我能上臺？」

「沒有。」蘇珀毫不猶豫地直言。

青橙瞬間抬起下巴。「那你什麼意思？」

蘇珀面不改色。「我就是想享受一下教妳的感覺。」

青橙：「……」什麼人嘛！

「那你享受也享受過了，不如我們做個交易？」

「說來聽聽。」

「我研究過了你和張峻一的那段戲，很適合用提琴來伴奏。我想，我用我的伴奏，換你來演色空，怎樣？」

「這個建議，你問過童安之嗎？」

「安之肯定會答應我的。」

蘇老闆挑眉。「那妳憑什麼覺得我會同意呢？」

小許導臉皮已經很厚了，說：「我送你一場床戲好不好？」

蘇老闆難得地愣了下……

然後，蘇老闆一本正經地答應了。

聽著洗手間裡嘩嘩的水聲，青橙的臉總算是有點熱了。想到剛才趕他進去的時候，他好像沒拿睡衣就進去了。青橙深吸一口氣，轉身去了臥室。

沒一會兒，她發現他衣櫃的底下塞著一個陌生的大盒子。

好奇心害死貓，她偷偷地掀開蓋子——

水田衣？

她愣了一秒之後，突然意識到了什麼，然而聽到身後出來找衣服的蘇老闆嘆了一聲，說：「沒想讓妳穿，但也不想再讓別人穿，所以我就買了過來。」

柏州崑劇團的團拜節目單一出，粉絲就轉瘋了，尤其是蘇珀的粉絲。

早就有人聽聞蘇老闆色空的扮相驚豔四座，但網上流傳的都是在場人士極不專業的抓拍。粉絲們不斷地呼籲再演，沒想到，這次除了色空的福利，還有蘇珀和張峻一的一折《憐香伴》，粉絲們怎能不激動？

果不其然，最後抽獎結果出來後，劇團的微博號下一片鬼哭狼號，所有沒有抽中的粉絲都跪求到場人士一定要多拍多錄——拍得有水準一點，不要模糊！

演出結束後，到場的粉絲不負眾望，各色劇照精采紛呈。尤其是蘇珀的，明明日常的小生扮相瀟灑俊逸，偏偏旦角兒扮相也是千嬌百媚，且豔而不淫，美得讓人垂涎。

這不，小許導正把某張粉絲抓拍蘇老闆的《憐香伴》的劇照放到最大，一看再看。

「她比我好看？」蘇珀走過來遞給她一杯果汁。

「啊？這不就是你嗎？」

「那妳看她不看我？」蘇珀雙手環上她的腰身，還稍稍加重了手上的力道。

青橙終於悟了，笑得不行，總算看向他。「還沒見過有人吃自己醋的。」

對上她明亮水潤的眸子，蘇珀終於滿意了。「這樣才對。」

窗外，冬日的嫋嫋晴絲纏繞在一株蠟梅的樹梢。樹梢頭，幾朵金黃色的小花兒悄然綻開，彷彿正對著窗內的人兒，戲道一句：好天氣也！（註5）

註5　這句是崑曲《牡丹亭・遊園》一折中，女主角杜麗娘的一句念白。

後記　我念你

我不是一個戲迷，但從二〇一五年開始，我就一直想要寫一本關於崑曲的小說。

因為那一年，我被朋友拉去上海看了一場大師版的《牡丹亭》。

所謂對的時間對的人，以前我從來沒覺得崑曲有多好聽，甚至分不太清楚戲與戲之間有什麼區別，但由於年紀、經歷，以及大師們精湛的藝術表現綜合起來，在那次之後，我突然就有那麼一絲絲喜歡上了崑曲。

但真正要動筆哪有這麼容易。因為不瞭解，我只能盲目地聽，盲目地看。幸而身邊有喜歡崑曲的朋友，我可以向他們求教。

好幾次，幾杯清茶，幾個好友，和著江南煙雨，聽著優雅軟糯的水磨腔，這樣的享受是我以前從來沒有過的。

我常想，可能是因為我的家鄉就在江南，這裡的水土孕育了我的生命性情，而這樣的性情與崑曲的細膩、精緻和講究恰好是契合的。

我一位熱愛崑曲的朋友曾經寫過一句話：「我們一遍又一遍地吟唱，是為了能深刻領悟中國最美文辭的深意。」這句話非常打動我，的確，在崑曲裡，中國的文辭之美和音樂之美得到了恰如其分的結合。這，也讓我更加堅定了要寫一個與它有關的故事。

二〇一八年，我正式動筆寫這部小說，閉關了差不多一年時間才完成了初稿。經過反覆地修訂，它終於能夠出版了。在這個清新甜糯的小故事中，我埋下了自己對崑曲的喜愛與嚮往，若讀到它的人能夠因此種下會聽戲的種子，那我一定會非常欣喜。

如今，我依然不是戲迷，但在這水氣氤氳、雨幕朦朧的日子裡，我願意打開電腦，聽一曲《懶畫眉》：「最撩人春色是今年，少什麼低就高來粉畫垣，原來春心無處不飛懸。是睡荼蘼抓住裙釵線，恰便是花似人心向好處牽……」

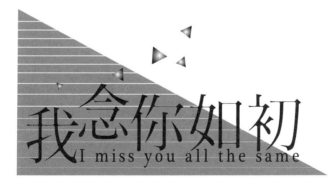

我念你如初

I miss you all the same

我念你如初
I miss you all the same

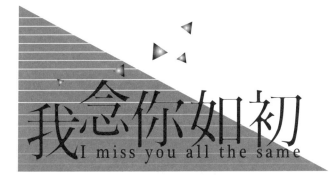

我念你如初

I miss you all the same

我念你如初
I miss you all the same

作　　者／顧西爵
發 行 人／黃鎮隆
副總經理／陳君平
副　　理／洪琇菁
執行編輯／陳昭燕
美術監製／沙雲佩
美術編輯／方品舒
國際版權／黃令歡、梁名儀
企劃宣傳／邱小祐、劉宜蓉
內文排版／謝青秀

國家圖書館出版品預行編目資料

我念你如初 / 顧西爵作 . -- 初版 . -- 臺北市：尖端，2021. 03
冊；　公分
ISBN 978-957-10-9380-2（平裝）

857.7　　110000511

出版／城邦文化事業股份有限公司　尖端出版
台北市 104 中山區民生東路二段 141 號 10 樓
電話：（02）2500-7600　傳真：（02）2500-2683
讀者服務信箱：7novels@mail2.spp.com.tw
發行／英屬蓋曼群島商家庭傳媒股份有限公司城邦分公司　尖端出版
台北市 104 中山區民生東路二段 141 號 10 樓
電話：（02）2500-7600　傳真：（02）2500-1979
劃撥專線：（03）312-4212
戶名：英屬蓋曼群島商家庭傳媒（股）公司城邦分公司
劃撥帳號：50003021
※ 劃撥金額未滿 500 元，請加付掛號郵資 50 元
法律顧問／王子文律師　元禾法律事務所　台北市羅斯福路三段 37 號 15 樓

台灣地區總經銷／中彰投以北（含宜花東）　楨彥有限公司
電話：（02）8919-3369　　傳真：（02）8914-5524
雲嘉以南　威信圖書有限公司
（嘉義公司）電話：0800-028-028　　傳真：（05）233-3863
（高雄公司）電話：0800-028-028　　傳真：（07）373-0087
馬新地區總經銷／城邦（馬新）出版集團 Cite（M）Sdn Bhd
電話：603-9057-8822　　傳真：603-9057-6622
E-mail：cite@cite.com.my
香港地區總經銷／城邦（香港）出版集團 Cite（H.K.）Publishing Group Limited
電話：852-2508-6231　　傳真：852-2578-9337
E-mail：hkcite@biznetvigator.com

版　次／ 2021 年 3 月 1 版 1 刷　Printed in Taiwan